KB206692

소낙비 · 땡볕 외

책임
편집   장현숙

경희대학교 국어국문학과를 졸업하고, 「황순원 소설 연구」로 박사 학위를 취득
했다. 현재 가천대학교 한국어문학과 교수. 저서에 『황순원 문학 연구』, 『현실
인식과 인간의 길』, 『대중매체와 글쓰기』, 편저에 『황순원 다시 읽기』, 『한국 소
설의 얼굴』(전 18권), 『김현승 시선』, 『김용성 작품집』, 『이상화 · 이장희 시선』 등
이 있다.

한국 문학을 읽는다 22

소낙비 · 땡볕 외

초판 인쇄 2016년 8월 5일
초판 발행 2016년 8월 12일

지은이 · 김유정
펴낸이 · 김화정
펴낸곳 · 푸른생각

책임편집 · 장현숙 | 편집 · 지순이, 김선도 | 교정 · 김수란
등록 · 제310-2004-00019호
주소 · 경기도 파주시 회동길 337-16(서패동 470-6)
대표전화 · 031) 955-9111(2) | 팩시밀리 · 031) 955-9114
이메일 · prun21c@hanmail.net
홈페이지 · www.prun21c.com

ⓒ 푸른생각, 2016

ISBN 978-89-91918-46-7 04810
ISBN 978-89-91918-21-4 04810(세트)

값 12,900원

청소년의 꿈과 미래를 위한 양서를 만들고 있습니다.
잘못된 책은 푸른생각이나 구입처에서 교환해 드립니다.
이 도서의 국립중앙도서관 출판예정도서목록(CIP)은 서지정보유통지원시스템 홈
페이지(http://seoji.nl.go.kr)와 국가자료공동목록시스템(http://www.nl.go.kr/kolisnet)에
서 이용하실 수 있습니다.(CIP제어번호: CIP2016018452)

한국 문학을 읽는다

소낙비
땡볕 외

김유정

책임편집 장현숙

푸른생각
PRUNSAENGGAK

나를 기다려 주는 사람이 한 명이라도 있으면
온전한 정신으로 살아갈 수 있다.
— 헨리 나우엔(네덜란드 출신 미국의 가톨릭 사제이자 작가, 1932~1996)

농촌의 궁핍화, 유정의 현실 인식, 해학으로 빛나다

　　김유정(1908~1937)이 작품 활동을 전개한 1930년대 중반은 우리 식민지 시대사에서 사회 · 경제적으로나 사상 · 문예적으로 주목할 시기이다. 이 시기는 총독 정치 아래 일본이 조선을 거의 완벽하게 식민지 체제로 고착시킨 때였으며, 만주 · 지나 사변과 제2차 세계 대전을 앞두고 일제의 병참 군수 기지로 수탈 정책이 강화되기 시작한 때였다.

　　이러한 시대 상황 속에서 금광을 전전하며 데카당 생활을 영위하던 김유정은 1932년 고향인 실레 마을에 금병의숙을 설립하여 문맹 퇴치 운동을 전개하였으며 소설 습작을 시작했다. 1932년 「심청」을 탈고, 완료하였으며 1933년 「소낙비」「산골 나그네」를 집필하기 시작하였다. 즉 김유정이 창작 활동을 시작하던 1933년부터 1937년 운명하기까지의 시기는 민족적 궁핍화와 함께 참담한 민족적 현실을 초월 내지 극복하려는 사회적 · 경제적 저항 의식이 가장 첨예하게 진통하던 때였다.

　　따라서 김유정의 소설에서 일관되게 나타나는 모티프는 '가난'의 문제로서, 김유정 소설의 작중인물들은 일제하의 소작농과 들병이, 도시의 빈민들, 따라지들이 대부분이다. 특히 일제의 식민지 수탈 정책이 가장 철저하게 자행된 곳이 바로 농촌이었다는 점에서 1930년대 식민 치하 농촌의 궁핍화 현상은 극도에 달했다. 따라서 소작 농민들은 식량과 새로운 삶의 터전을 찾아 고향을 등질 수밖에 없었고 유이민으로 떠돌게 된다. 이렇게 하여 땅과 고향을 상실할 수밖에 없는 소작 농민들의 참상은 단편 「만무방」「가을」「산골 나그네」 등에서 형상화되고 있다.

이들 작품들을 통하여 작가는 일제하 식민지 소작인들의 실상과 함께 현실 비판 의식을 드러내고 있다. 나아가 이러한 작가의 현실 인식은, 단편 「만무방」「가을」 등에서 작중인물을 통하여 '부끄러움'에 대한 인식으로 극대화된다.

일제하 식민지 소작 농민들의 실상은 단편 「봄봄」「금」「금 따는 콩밭」「가을」「만무방」에서 나타나고 있으며, 도시의 빈민과 따라지들의 삶은 「심청」「땡볕」「봄과 따라지」「따라지」에서 형상화되고 있다. 특히 김유정의 작중인물들은 식민 치하의 궁핍한 농촌 현실 속에서 목숨을 부지하기 위한 생존의 수단으로 노름(「소낙비」「만무방」), 수탈(「만무방」「가을」「안해」), 매춘(「소낙비」「가을」), 일확천금에의 꿈(「금 따는 콩밭」「금」「연기」)을 매개로 하여 가난으로부터 탈출하기 위해 시도한다. 따라서 김유정의 작중인물들은 평면적 인물이 대다수로서 도덕의식이 없는 인물들이지만 소박한 인간애가 있는 인물이 많다. 즉 작가는 도덕의식이 결여된 인물을 그려 냄으로써 역설적으로 도덕이 문제될 수 없는 현실의 비극적 상황을 웃음으로 희화화시켜 그 당대의 현실을 더욱 두드러지게 묘파하고자 했던 것이다. 동시에 작가는 도덕의식이 결여된 작중인물을 설정하여, 상식에서 벗어난 어처구니없는 행동을 저지르게 함으로써 독자로 하여금 역설적인 아이러니와 해학으로 웃음 짓게 한다.

즉 김유정은 「동백꽃」「봄봄」「소낙비」「만무방」 등을 통하여 단순하고 우직하며 바보 같은 인물들을 즐겨 설정하여 웃음을 유발시키고 있다. 속어, 방언, 토속어, 의성어와 의태어의 활용을 중심으로 한 언어 구사와 풍자 및 종말 강조의 기법 등도 김유정 문학의 재미와 해학에 이바지한다.

그러나 김유정 문학에서 간과하지 말아야 할 점은 유머의 저변에 강한 현실 인식과 당대의 사회적 부조리와 고통이 내재되어 있다는 사실이다. 즉 작가는 도덕 같은 것은 문제도 되지 않는 식민지 시대의 농촌 현실을 누구보다도 예리하게 직시하면서 도덕의식이 결여된 인간상을 통하여 비극적 현실을 오히려 해학으로써 희화화시키고 있는 것이다. 이 점에서 김유정은 탁월한 개성과 해학을 가진 작가이면서 동시에 강한 현실 비판 의식을 가진 작가라고 볼 수 있다.

이 책에 수록한 작품은 김유정의 대표 단편소설 8편이다.

「산골 나그네」는 일제 강점기 한국 농촌의 궁핍상을 보여 주는 가운데, 풍부한 어휘와 분위기로 그 당시 우리 농촌의 모습을 생생하게 묘사하는 김유정의 탁월한 솜씨를 발견할 수 있는 작품이다.

「총각과 맹꽁이」는 바보형과 건달형이라는 남성 인물의 두 본보기를 등장시켜 해학적 행동으로 웃음을 자아내게 하면서, 그 이면에서 그 당시 힘들고 어렵던 우리 농촌 현실을 묘사하였다.

「소낙비」는 농토를 빼앗긴 유랑 농민 부부가 극한적인 경제적 궁핍을 탈피하기 위해 벌이는 매춘의 비극적 이야기이다. 춘호와 그의 아내는 매춘 행위에 대해 윤리적, 도덕적 부담을 느끼지 않고 있다. 작가는 극도의 가난

속에서 윤리와 도덕이 무의미해져 버린 현실을 냉정하게 바라보고 있다.

「떡」은 풀죽도 끓여 먹기 어려운 농촌 현실에서 오랜만에 얻어 먹은 음식과 떡, 꿀 바른 주악으로 인해 인사불성이 되어 버린 일곱 살 옥이의 이야기이다. 가난이 절정에 달해 가족의 유대마저 해체되어 가는 우리 농촌의 실상을 숨어 있는 화자 '나'의 시선을 통하여 해학과 풍자와 반어로써 보여 주고 있다.

「심청」은 김유정이 1932년 처음으로 쓴 소설로 첫 도시소설이기도 하다. 도시의 걸인, 유랑민과 그들이 살고 있는 서울(도시)을 배경으로 하여 거지 모티프가 활용되고 있다는 점이 주목할 만하다. 냉소적인 풍자와 위트 있는 묘사가 돋보이는 작품으로 식민 치하의 도시 빈민들의 삶과 지식인의 권태로운 모습이 드러나 있다.

「가을」은 극심한 가난으로 인해 도덕의식이 없이 인신매매와 매춘을 일삼는 농민들의 비참한 생활을 익살스럽게 그린 작품이다. 매춘과 인신매매가 이루어지는 현장을 화자인 '나'가 지켜보며 피폐한 농촌 현실을 폭로하고 있다.

「이런 음악회」는 청소년 소설이다. 황철이라는 학교의 응원 대장을 필두로 콩쿠르에 반 동무를 응원하러 간 '나'가 바이올린 악사의 훌륭한 연주에 흥이 나 박수를 쳤다가 황철이와 다투는 평범한 사건, 평범한 내용을 다루고 있다. 이 작품에서 우리 사회에서 볼 수 있는 다양한 인간 군상을 만날 수 있다. 감칠맛 있는 의태어의 사용과 평면적 인물과 순행적 구성을 특징으로 하고 있다.

「땡볕」은 일제 식민지의 착취가 극심해 황폐화되고 궁핍화가 극에 달한 1930년대 후반의 한국 농촌을 배경으로 도시로 살 길을 찾아 유랑해 온 이

농민 부부의 절망적인 삶의 모습을 형상화한다. 수술조차 할 수 없어 죽어 가는 이농민의 비극을 반어와 익살로 묘파하고 있다.

　푸른생각에서 기획하여 발행하는 '한국 문학을 읽는다' 시리즈는 작품의 원문을 충실하게 실었다. 어려운 단어에는 낱말풀이를 세심하게 달아 작품의 이해를 돕고, 본문의 중간중간에 소제목을 붙여 이야기의 흐름을 놓치지 않도록 하였다. 또한 각 작품에 들어가기 전에 등장인물을 소개하고, 수록한 작품 뒤에는 줄거리를 정리한 〈이야기 따라잡기〉를 마련해 놓았다. 그리고 〈쉽게 읽고 이해하기〉를 마련해 작품의 세계를 좀더 깊게 이해할 수 있도록 했다. 아울러 책의 끝에 작가가 확실한 작품의 경우에는 〈작가 알아보기〉를 제시해 작가의 생애를 독자들에게 소개하였다.

　'한국 문학을 읽는다' 시리즈가 청소년뿐만 아니라 일반 독자들에게 소설을 제대로 읽고 이해하는 데 도움이 되길 기대한다. 소설을 읽음으로써 인간 세계를 보다 넓고 깊게 이해하고 삶의 진정성을 인식할 수 있으리라 믿는다. 동시에 당대 한국의 시대적·역사적 현실과 제 모순점을 발견할 수 있으리라고 본다. 그리하여 타인과 깊이 있게 소통할 수 있으며 공동체 사회의 실현에 기여할 수 있다고 생각한다. 이 소설 선집의 감상으로 그와 같은 가치가 실현될 수 있기를 희망한다.

2016년 8월
책임편집 장현숙

내 친구는 완벽하지 않다. 나도 마찬가지다.
그래서 우리는 정말 잘 맞는다.
— 알렉산더 포프(영국의 시인 · 비평가, 1688~1744)

한국 문학을 읽는다 소낙비 · 땡볕 외

차례

일러두기

1 각각의 작품은 등장인물 소개―작품 게재―이야기 따라잡기―쉽게 읽고 이해하기 의 순서로 되어 있습니다.

2 작품의 원문을 되도록 충실하게 싣되, 독자의 이해를 돕기 위해 낱말풀이를 상세하게 달았고 중간중간에 소제목을 붙였습니다.

3 〈등장인물〉에서는 작품에 등장하는 주요 등장인물을 소개하고 간단하게 설명하였습니다.

4 〈이야기 따라잡기〉에서는 작품의 줄거리를 요약 정리하였습니다.

5 〈쉽게 읽고 이해하기〉에서는 작품을 감상하는 데 필요한 핵심적인 요소를 짚어 주었습니다.

6 마지막으로 〈작가 알아보기〉에서는 작가의 생애와 작품 활동, 작품 세계 등을 이해할 수 있습니다.

「산골 나그네」(『제일선』 1933.3)는

덕돌네 모자와 아낙네 부부의 모습에서

가난한 농민들의 궁핍한 삶을

비판적으로 그리고 있으며,

또한 생활력이 강한 여성의 전형을 보여 준

김유정의 첫 작품이다.

산골 나그네

그는 나그네를 금덩이같이 위하였다.
없는 대로 자기의 옷가지도 서로서로 별러 입었다.

등장인물

덕돌네   선채금 때문에 아들 장가도 못 들인 가난한 주막집 주인. 나그네를 딸처럼 여기면서 아들과 혼인시키지만 나그네가 달아나자 아들을 데리고 찾아나선다.

나그네   남편 없고 몸붙일 곳이 없다며 덕돌네에서 잠시 머물게 된 아낙네. 열아홉 살이라지만 야위고 시들어 가는 얼굴이 고생을 많이 한 모습이다. 덕돌과 혼인하지만, 사실은 병든 남편이 있다. 덕돌의 새 옷을 훔쳐 가지고 남편과 달아난다.

덕돌이   가난한 주막집 아들로 혼인날을 이틀 남겨 놓고 돈이 없어 혼인을 하지 못한 총각이다. 나그네와 혼례를 치르지만 며칠 안 되어 나그네가 달아나자, 그때서야 속은 것을 깨닫고 분해한다.

산골 나그네

가을 산골에 나그네가 찾아들다

밤이 깊어도 술꾼은 역시 들지 않는다. 메주 뜨는 냄새와 같이 퀴퀴한 냄새로 방 안은 쾨쾨하다. 윗간에서는 쥐가 찍찍거린다. 홀어미는 쪽 떨어진 화로를 끼고 앉아서 쓸쓸한 대로 곰곰 생각에 젖는다. 가뜩이나 침침한 반짝 등불이 북쪽 지게문에 뚫린 구멍으로 새드는 바람에 반뜩이며 빛을 잃는다. 헌 버선짝으로 구멍을 틀어막는다. 그리고 등잔 밑으로 반짇고리(바느질에 쓰이는 도구를 담는 그릇)를 끌어당기며 시름없이 바늘을 집어든다.

산골의 가을은 왜 이리 고적(孤寂)할까! 앞 뒤 울타리에 부스스하고 떨잎(낙엽)은 진다. 바로 그것이 귀밑에서 들리는 듯 나직나직 속삭인다. 더욱 몹쓸 건 물소리 골을 휘돌아 맑은 샘은 흘러내리고 야릇하게도 음률을 읊는다.

퐁! 퐁! 퐁! 쪼록 퐁!

바깥에서 신발 소리가 자작자작 들린다. 귀가 번쩍 띄어 그는 방문을 가볍게 열어 젖힌다. 머리를 내밀며,

　"덕돌이냐?"

하고 반겼으나 잠잠하다. 앞뜰 건너편을 숲옹(수풀) 우(위)를 감돌아 싸늘한 바람이 낙엽을 훌뿌리며 얼굴에 부닥친다.

　용마루가 쌩쌩 운다. 모진 바람 소리에 놀래어 멀리서 밤 개가 요란히 짖는다.

　"쥔(주인) 어른 계서유?"

　몸을 돌리어 바느질거리를 다시 집어들려 할 제 이번에는 짜장(정말로, 과연) 인기(인기척)가 난다. 황겁하게,

　"누구유?"

하고 일어서며 문을 열어 보았다.

　"왜 그리유?"

　처음 보는 아낙네가 마루 끝에 와 섰다. 달빛에 비끼어 검붉은 얼굴이 해쓱하다. 추운 모양이다. 그는 한손으로 머리에 둘렀던 왜수건(타월)을 벗어 들고는 다른 손으로 흩어진 머리칼을 씨담어(쓰다듬어) 올리며 수줍은 듯이 주뼛주뼛한다.

　"저…… 하룻밤만 드새고(길을 가다가 집이나 쉴 만한 곳에 들어가 밤을 지내고) 가게 해 주세유……."

　남정네도 아닌데 이 밤중에 웬일인가, 맨발에 짚신짝으로. 그야 아무렇든…….

　"어서 들어와 불 쬐게유."

나그네는 주춤주춤 방 안으로 들어와서 화로 곁에 도사려 앉는다. 낡은 치맛자락 위로 삐지려는 속살을 아무리자 허리를 지긋이 튼다. 그러고는 묵묵하다. 주인은 물끄러미 보고 있다가 밥을 좀 주랴느냐고 물어보아도 잠자코 있다. 그러나 먹던 대궁(밥그릇 안에 먹다 남은 밥)을 주워 모아 짠지쪽(김치)하고 갖다 주니 감지덕지 받는다. 그리고 물 한 모금 마심 없이 잠깐 동안에 밥그릇의 밑바닥을 긁는다.

밥숟갈을 놓기가 무섭게 주인은 이야기를 붙이기 시작하였다. 미주알고주알 물어보니 이야기는 지수가 없다(이야기를 중구난방으로 한다). 자기로도 너무 지쳐 물은 듯 싶은 만큼 대고(자꾸) 추근거렸다. 나그네는 싫단 기색도 좋단 기색도 별로 없이 시나브로 대꾸하였다. 남편 없고 몸 붙일 곳 없다는 것을 간단히 말하고 난 뒤,

"이리저리 얻어먹어 단게유(다녀유)."

하고 턱을 가슴에 묻는다.

첫닭이 홰를 칠 때 그제야 마을 갔던 덕돌이가 돌아온다. 문을 열고 감사나운(억세고 사나운) 머리를 디밀려다 낯선 아낙네를 보고 눈이 휘둥그렇게 주춤한다. 열린 문으로 억센 바람이 몰아 들며 방 안이 캄캄하다. 주인은 문 앞으로 걸어와 서며 덕돌이의 등을 뚜덕거린다. 젊은 여자 자는 방에서 떠꺼머리(혼인할 나이가 된 총각이나 처녀가 땋아 늘인 머리) 총각을 재우는 건 상서롭지 못한 일이었다.

"얘, 덕돌아. 오늘은 마을 가 자고 아침에 온."

나그네 덕분에 술이 잘 팔리다

가을할(곡식을 거두어 들일) 때가 지났으니 돈냥이나 좋이 퍼질 때도 되었다. 그 돈들이 어디로 몰리는지 이 술집에서는 좀체 돈맛을 못 본다. 술을 판대야 한 초롱(액체를 담는 데에 쓰는, 양철로 만든 통)에 오륙십 전 떨어진다. 그 한 초롱을 잘 판대도 사날(사나흘)씩이나 걸리는 걸 요새 같아선 그 잘량한(알량한) 술꾼까지 씨가 말랐다. 어쩌다 전일에 펴 놓았던 외상 값도 갖다 줄 줄을 모른다. 홀어미는 열벙거지(울화)가 나서 이른 아침부터 돈을 받으러 돌아다녔다. 그러나 다리품(길을 걷는 노력)을 들인 보람도 없었다. 낼 사람이 즐거야 할 텐데 우물쭈물하며 한단 소리가 좀 두고 보자는 것이 고작이었다. 그렇다고 안 갈 수도 없는 노릇이다. 나날이 양식은 딸리고 지점 집에서 집행을 하느니 뭘 하느니 독촉이 어지간치 않음에랴…….

"저도 인젠 떠나가겠에유."

그가 조반(朝飯) 후 나들이옷을 바꾸어 입고 나서니 나그네도 따라 일어선다. 그의 손을 자상히 붙잡으며 주인은,

"고달플 테니 며칠 더 쉬어 가게유."

하였으나,

"가야지유, 너무 오래 신세를……."

"그런 염려는 말구."

라고 누르며 집 지켜 주는 셈치고 방에 누웠으라 하고는 집을 나섰다. 백두고개(실레마을에서 증2리로 넘어가는 곳에 있는 고개)를 넘어서 안말(가장 구

석진 곳에 있는 마을)로 들어가 해동갑(해가 질 때까지의 동안)으로 헤매었다. 헤실수(헛수고)로 간 곳도 있기야 하지만 맑았다(수입이 없었다). 해가 지고 어두울 녘에야 그는 흘부들해서(기진맥진해서) 돌아왔다. 좁쌀 닷 되밖에 는 못 받았다. 다른 사람들은 돈 낼 생각커녕 이러면 다시 술 안 먹겠다 고 도리어 을러(얼러. 상대방이 겁을 먹도록 협박하여) 보냈던 것이다. 그러나 이만도 다행이다. 아주 못 받으니보다는. 끼니때가 지었다(지났다). 그는 좁쌀을 씻고 나그네는 솥에 불을 지피어 부랴사랴 밥을 짓고 일변 상을 보았다.

밥들을 먹고 나서 앉았으려니깐 갑자기 술꾼이 몰려든다. 이거 웬일 인가. 처음에는 하나가 오더니 다음에는 세 사람, 또 두 사람, 모두 젊은 축들이다. 그러나 각각들 먹일 방이 없으므로 주인은 좀 망설이다가 그 연유를 말하였으니 뭐 한 동리 사람인데 어떠냐 한데서 먹게 해 달라 하 는 바람에 얼씨구나 하였다. 이제야 운이 트나 보다. 양푼에 막걸리를 따라 나그네에게 주며 솥에 넣고 좀 속히 데워 달라 하였다. 자기는 치 마꼬리를 휘둘러 가며 잽싸게 안주를 장만한다. 짠지, 동치미, 고추장, 특별 안주로 삶은 밤도 놓았다. 사촌동생이 맛보라고 며칠 전에 갖다 준 것을 아껴 둔 것이었다.

방 안은 떠들썩하다. 벽을 두드리며 아리랑 찾는 놈에 건으로(공연히, 실속이 없이 건성으로) 너털웃음 치는 놈, 혹은 수군숙덕하는 놈 ― 가지각 색이다. 주인이 술상을 받쳐들고 들어가니 짜위(짬짜미. 남몰래 자기들끼리 짜고 하는 약속)나 한 듯이 일제히 자리를 바로잡는다. 그중에 얼굴 넓적한 하이칼라(머리털을 밑의 가장자리만 깎고 윗부분은 남겨서 기르는, 남자의 서양식 머리 모양) 머리가 야리(야료. 억지 트집을 잡아 까다롭게 구는 일)가 나서 상을 받으며 주인 귀에다 입을 비겨 대인다.

"아주머니, 젊은 갈보(웃음과 몸을 팔며 천하게 행동하는 여자) 사 왔다지유? 좀 보여 주게유."

영문 모를 소문도 다 듣는다.

"갈보라니 웬 갈보?"

하고 어리뻥뻥하다(어리둥절하다) 생각을 하니, 턱없는 소리는 아니다. 눈치 있게 부엌으로 내려가서 보강지(아궁이) 앞에 웅크리고 앉았는 나그네의 머리를 은근히 끌어안았다. 자, 저 패들이 새댁을 갈보로 횡보고(잘못보고) 찾아온 맥이다. 물론 새댁 편으론 망측스러운 일이겠지만 달포(한 달 이상)나 손님의 그림자가 드물던 우리 집으로 보면 재수의 빗발이다. 술국(독이나 항아리에서 술을 풀 때에 쓰는 도구)을 잡는다고 어디가 떨어지는 게 아니요 욕이 아니니 나를 보아 오늘만 좀 팔아 주기 바란다 ─ 이런 의미를 곰상궂게(곰상스럽게. 싹싹하고 부드럽게) 간곡히 말하였다. 나그네의 낯은 별반 변함이 없다. 늘 한 양으로 예사로이 승낙하였다.

술이 온몸에 돌고 나서야 뒷술이 잔풀이(낱잔으로 셈하는 것)가 난다. 한 잔에 오 전, 그저 마시긴 아깝다. 얼간한(술이 거나한) 상투배기가 계집의 손목을 탁 잡아 앞으로 끌어당기며,

"권주가 좀 해. 이건 뀌어(꾸어) 온 보릿자룬가."

"권주가? 뭐야유?"

"권주가? 아, 갈보가 권주가도 모르나. 으하하하."

하고는 무안에 취하여 푹 숙인 계집 뺨에다 꺼칠꺼칠한 턱을 문질러 본

다. 소리를 암만 시켜도 아랫입술을 깨물고는 고개만 기울일 뿐. 소리는 못 하나 보다. 그러나 노래 못 하는 꽃도 좋다. 계집은 영 내리는 대로 이 무릎 저 무릎으로 옮아 앉으며 턱밑에다 술잔을 받쳐 올린다.

술들이 듬뿍 취하였다. 두 사람은 골아져서 코를 곤다. 계집이 칼라 머리 무릎 위에 앉아 담배를 피워 올릴 때 코웃음을 흥 치더니 그 무지스러운 손이 계집의 아랫배 가죽을 사양 없이 움켜잡았다. 별안간

"아야!"

하는 퍼들껑하더니(갑작스럽게 몸을 일으키더니) 계집의 몸뚱이가 공중으로 도로 뛰어오르다 떨어진다.

"이 자식아, 너만 돈 내고 먹었니?"

한 사람 새 두고 앉았던 상투가 콧살을 찌푸린다. 그리고 맨발 벗은 계집의 두 발을 양손에 붙잡고 가랑이를 쩍 벌려 무릎 위로 지르르 끌어 올린다. 계집은 앙탈을 한다. 눈시울에 눈물이 엉기더니 불현듯이 쪼록 쏟아진다.

방 안에서 왱마가리(참개구리) 소리가 끓어 오른다.

"저 잡놈 보게, 으하하하……."

술은 연방 데워서 들여 가면서도 주인은 불안하여 마음을 졸였다. 겨우 마음을 놓은 것은 훨씬 밝아서이다.

참새들은 소란히 지저귄다. 지직(돗자리) 바닥이 부스럼 자국보다 질배 없다(진배없다. 못할 바 없다). 술, 짠지쪽, 가래침, 담뱃재 ─ 뭣해 너저분하다. 우선 한 길치(길체. 모퉁이)에 자리를 잡고 계배(술집에서 먹은 술의 잔 수를 세어 값을 계산함)를 대 보았다. 마수걸이(어떤 일을 시작하여 맨 처음 얻은 소득)

가 팔십오 전, 외상이 이 원 각수(角數, '원' 단위 아래에 남는 몇 전이나 몇십 전)
다. 현금 팔십오 전, 두 손에 들고 앉아 세고 또 세어 보고……

뜰에서는 나그네의 혀로 끌어올리는 인사.

"안녕히 가십시게유."

"입이나 좀 맞추고 뽀! 뽀! 뽀!"

"나두."

덕돌이가 나그네에게 장가들다

찌르쿵! 찌르쿵! 찔거러쿵!

"방앗머리가 무겁지유?…… 고만 까부를까."

"들 익었에유. 더 찌야지유."

"그런데 얘는 어쩐 일이야……."

덕돌이를 읍엘 보냈는데 날이 저물어도 여태 오지 않는다. 흩어진 좁
쌀을 확(절구의 안쪽 부분)에 쓸어 넣으며 홀어미는 퍽이나 애를 태운다. 요
새 날새(날씨)가 차지니까 늑대, 호랑이가 차차 마을로 찾아 내린다. 밤
길에 고개 같은 데서 만나면 끽 소리도 못 하고 욕을 당한다.

나그네가 방아를 괴 놓고 내려와서 키로 확의 좁쌀을 담아 올린다. 주
인은 그 머리를 씨담고 자기의 행주치마를 벗어서 그 위에 씌워 준다.
계집의 나이 열아홉이면 활짝 필 때이건만 버케(영양 상태가 좋지 않아 머릿
결이 거칠고 윤기를 잃은 상태)된 머리칼이며 야윈 얼굴이며 벌써부터 외양
이 시들어 간다. 아마 고생을 짓한(몹시 심하게 한) 탓이리라.

날씬한 허리를 재발이(재발리. 재빠르게) 놀려 가며 일이 끊일 새 없이 다기지게(당차게) 덤벼드는 그를 볼 때 주인은 지극히 사랑스러웠다. 그리고 일변 측은도 하였다. 뭣하면 딸과 같이 자기 곁에서 길래(오래도록) 살아 주었으면 상팔자일 듯싶었다. 그럴 수 있다면 그 소 한 바리(소나 말을 세는 단위)와 바꾼대도 이것만은 안 내놓으리라고 생각도 하였다.

아들만 데리고 사는 홀어미의 생활은 무던히 호젓하였다. 그런 데다 동리에서는 속 모르는 소리까지 한다. 떠꺼머리 총각을 그냥 늙힐 테냐고. 그러나 형세가 부치므로 감히 엄두도 못 내다가 겨우 올봄에야 다붙어 서둘게 되었다. 의외로 일은 손쉽게 되었다. 이리저리 언론(소문)이 돌더니 남촌산에 어느 집 둘째 딸과 혼약하였다. 일부러 홀어미는 사십 리 길이나 걸어서 색시의 손등을 문질러 보고는,

"참 애기 잘도 생겼네!"

좋아서 사돈에게 칭찬을 뇌고 뇌곤 하였다.

그런데 없는 살림에 빚을 내어 가며 혼수를 다 꼬여매(꿰매) 놓은 뒤였다. 혼인날을 불과 이틀 격해 놓고 일이 그만 빗났다(비나갔다). 처음에야 그런 말이 없더니 난데없는 선채금(선채[先綵], 즉 신랑집에서 신부집으로 혼인 전에 보내는 채색 비단의 값) 삼십 원을 가져오란다. 남의 돈 삼 원과 집의 돈 오 원으로 거추군(일을 주선하거나 뒤치다꺼리를 해주는 사람)에게 품삯 노비 주고 혼수하고 단지 이 원 — 잔치에 쓸 것밖에 안 남고 보니 삼십 원이란 입내(입속말)도 못 낼 소리다. 그 밤 그는 이리 뒤척 저리 뒤척 넋 잃은 팔을 던져 가며 통밤(온 밤 내내)을 새웠던 것이다.

"어머님! 진지 잡수세유."

새댁에게 이런 소리를 듣는다면 끔찍이 귀여우리라. 이것이 단 하나의 그의 소원이었다.

　"다리 아프지유? 너무 일만 시켜서……."

　주인은 저녁 좁쌀을 쓸어 넣다가 방앗다리에 깝신대는(몸을 방정맞게 자꾸 조금 숙이는) 나그네를 걸삼스럽게(걸쌍스럽게. 탐스럽게) 쳐다본다. 방아가 무거워서 껍쩍이며 잘 오르지 않는다. 가냘픈 몸이라 상혈(上血, 흥분하여 핏기가 위로 솟구쳐 오름)이 되어 두 볼이 새빨갛게 색색거린다. 치마도 치마려니와 명주 저고리는 어찌 삭았는지 어깨께가 손바닥만 하게 척 나갔다. 러나 덕돌이가 왜포(무명) 다섯 자를 바꿔 오거든 첫대 사발화통(사팔허통[四八虛通]. 주위가 막힌 곳이 없이 터져 있어 허전함)된 속곳부터 해 입히고 차차 할 수밖에 없다.

　"같이 찜시다유."

　주인도 남저지(나머지) 방앗다리에 올라섰다. 그리고 찌껑(방앗간 대들보에 매달린 손잡이) 위에 나그네의 손을 눈치 안 채게 슬며시 쥐어 보았다. 더도 덜도 말고 그저 요만한 며느리만 얻어도 좋으련만! 나그네와 눈이 고만 마주치자 그는 열적어서(열없어서. 좀 겸연쩍고 부끄러워서) 시선을 돌렸다.

　"퍽도 쓸쓸하지유?"

하며 손으로 울 밖을 가리킨다. 첫밤 같은 석양판(해 질 무렵)이다. 색동저고리를 떨쳐 입고 산들은 거반진(거방진. 점잖고 묵직한) 방앗소리를 은은히 전한다. 찔그러쿵! 찌러쿵!

　그는 나그네를 금덩이같이 위하였다. 없는 대로 자기의 옷가지도 서로서로 별러(여러 몫으로 고르게 나누어) 입었다. 그리고 잘 때에는 딸과 진배없이 이불 속에서 품에 꼭 품고 재우곤 하였다. 하지만 자기의 은근한 속심은 차마 입에 드러내어 말은 못 건넸다. 잘 들어주면이어니와 뭣하게 안다면 피차의 낯이 뜻뜻한 일이었다.

그러자 맘 먹지 않았던 우연한 일로 인하여 마침내 기회를 얻게 되었다. 나그네가 온 지 나흘 되던 날이었다. 거문가니(강원도 춘천시 김유정의 고향인 실레 서쪽의 작은 마을) 산기슭에 있는 영길네가 벼 방아를 좀 와서 찧어 달라고 한다. 나그네는 줄밤(연이은 밤)을 새우므로 낮에나 푸근히 자라고 두고 그는 홀로 집을 나섰다.

머리에 겨를 보얗게 쓰고 맥이 풀려서 집에 돌아온 것은 이럭저럭 으스레하였다(날씨가 음산하게 흐렸다). 늘큰한(축 늘어진) 다리를 끌고 뜰 앞으로 향하다가 그는 주춤하였다. 나그네 홀로 자는 방에 덕돌이가 들어갈 리 만무한데 정녕코 그놈일 게다. 마루 끝에 자그마한 나그네의 짚석이 (짚세기. 짚신)가 놓인 그 옆으로 질목(길목버선. 먼길 갈 때 신는 허름한 버선)째 벗은 왕달 짚석이가 왁살스럽게(보기에 밉살스럽고 우악스럽게) 놓였다. 그리고 방에서는 수군수군 낮은 말 말소리가 흘려져 나온다. 그는 무심코 닫은 방문께로 귀를 기울였다.

"그럼 와 그러는 게유? 우리 집이 굶을까 봐 그리시유."

"……"

"어머이도 사람은 좋아유……. 올에 잘만 하면 내년에는 소 한 바리 사 놀 게구 농사만 해두 한 해에 쌀 너 섬, 조 엿 섬, 그만하면 고만이지유……. 내가 싫은 게유?"

"······."

"사내가 죽었으니 아무튼 얻을 게지유?"

옷 터지는 소리. 부스럭거린다.

"아이! 아이! 아이! 참! 이게 노세유."

쥐 죽은 듯이 감감하다. 허공에 아롱거리는 낙엽을 이윽히 바라보며 그는 빙그레한다. 신발 소리를 죽이고 뜰 밖으로 다시 돌쳐섰다(돌아섰다).

저녁상을 물린 후 그는 시치미를 딱 떼고 나그네의 기색을 살펴보다가 입을 열었다.

"젊은 아낙네가 홑몸(혼자 몸)으로 돌아다닌대두 고생일게유. 또 어차피 사내는······."

여기서부터 사리에 맞도록 이 말 저 말을 주섬주섬 꺼내 오다가 나의 며느리가 되어 줌이 어떻겠느냐고 꽉 토파(마음에 품고 있던 말을 거리낌없이 털어내어 말함)를 지었다. 치마를 홉싸고 앉아 갸웃이 듣고 있던 나그네는 치마끈을 깨물며 이마를 떨어뜨린다. 그러고는 두 볼이 발개진다. 젊은 계집이 나 시집가겠소 하고 누가 나서랴. 이만하면 합의한 거나 틀림없을 것이다.

혼수는 전에 해 둔 것이 있으니 한시름 잊었다. 그대로 이앙(이음새)이나 고쳐서 입히면 고만이다. 돈 이 원은 은비녀, 은가락지 사다가 각별히 색시에게 선물 내리고······.

일은 미룰수록 낭패가 많다. 급시로(급히) 날을 받아서 대례(혼례)를 치렀다. 한편에는 국수를 누른다. 잔치 보러 온 아낙네들은 국수 그릇을 얼른 받아서 후룩후룩 들이마시며 색시 잘났다고 추었다.

주인은 즐거움에 너무 겨워서 추배(追杯, 술을 주거니 받거니 하며 잇달아 돌리는 술잔)를 흔근히(흥건히) 들었다. 여간 경사가 아니다. 뭇 사람을 비집고 안팎으로 드나들며 분부하기에 손이 돌지 않는다.

"애, 메누라! 국수 한 그릇 더 가져온!"

어쩨 말이 좀 어색하구먼……. 다시 한 번.

"메누라, 얘야! 얼른 가져와!"

삼십을 바라보자 동굿(동곳. 상투를 짠 위에 풀어지지 않도록 꽂는 물건)을 찔러 보니 제불에(제풀에) 멋이 질려 비드름하다(비뚜름하다). 덕돌이는 첫날을 치르고 부쩍부쩍 기운이 난다. 남이 두 단을 털 제면 그의 볏단은 석 단째 풀쳐 나간다. 연방 손바닥에 침을 뱉어 붙이며 어깨를 으쓱거린다.

"끽! 끽! 끽! 찍어라 굴려라 끽! 끽!"

동무의 품앗이 일이다. 거무투룩한(거무튀튀한) 젊은 농군 댓이 볏단을 번차례로(돌아가며 번갈아 드는 차례로) 집어 든다. 열에 뜬 사람같이 식식거리며 세차게 벼알을 절구통 배에서 주룩주룩 흘려 내린다.

"애! 장가들고 한턱 안 내니?"

"일색이더라. 딴딴히(실속 있게) 먹자. 닭이냐? 술이냐? 국수냐?"

"웬 국수는? 너는 국수만 아느냐?"

저희끼리 찧고 까분다. 그들은 일을 놓으며 옷깃으로 땀을 씻는다. 골바람(골짜기에서 산 위로 부는 바람)이 벼깔치(벼까라기. 벼의 낱알 끝에 붙어 있는 수염)를 부옇게 풍긴다. 옆 산에서 푸드득 하고 꿩이 날며 머리 위를 지나간다. 갈퀴질을 하던 얼굴 넓적이가 갈퀴를 놓고 씽긋하더니 달려든다. 장난꾼이다. 여러 사람의 힘을 빌리어 덕돌이 입에다 헌 짚신짝을 물린다. 버들껑거린다. 다시 양 귀를 두 손에 잔뜩 움켜잡고 끌고 와서는 털어 놓은 벼 무더기 위에 머리를 틀어박으며 동서남북으로 큰절을 시킨다.

"야아! 야아! 아!"

"아니다, 아니야. 장갈 갔으면 산신령에게 이러하다 말이 있어야지, 괜시리 산신령이 노하면 눈깔망나니(호랑이) 내려보낸다."

뭇 웃음이 터져 오른다. 새신랑의 옷이 이게 뭐냐, 볼기짝에 구멍이 다 뚫리고…… 빈정대는 사람도 있다. 그러나 덕돌이는 상투의 먼데기(먼지)를 털고 나서 곰방대를 피워 물고는 싱그레 웃어 치운다. 좋은 옷은 집에 두었다. 인조견 조끼 저고리, 새하얀 옥당목(빛이 희고 얇은 무명) 겹바지, 그러나 아끼는 것이다. 일할 때엔 헌옷을 입고 집에 돌아와 쉴 참에나 입는다. 잘 때에도 모조리 벗어서 더럽지 않게 착착 개어 머리맡에 위해 놓고 자곤 한다. 의복이 남루하면 인상이 추하다. 모처럼 얻은 귀여운 아내니 행여나 마음이 돌아앉을까 미리미리 사려 두지 않을 수도 없는 노릇이다. 그야말로 이십구 년 만에 누런 이 조각에다 어제야 소금을 발라 본 것도 이 까닭이었다.

덕돌이가 볏단을 다시 집어 올릴 제 그 이웃에 사는 돌쇠가 옆으로 와서 품을 안는다.

"애, 덕돌아! 너 내일 우리 조 마댕이(마당질. 곡식을 떨어 알곡을 거두는 일) 좀 해 줄래?"

"뭐 어째?"

하고 소리를 빽 지르고는 그는 눈귀가 실룩하였다.

"누구보고 해라야? 응? 이 자식 까놀라!"

어제까진 턱없이 지냈단대도 오늘의 상투를 못 보는가?

나그네가 밤중에 옷가지를 훔쳐 달아났다

바로 그날이었다. 윗간에서 혼자 새우잠을 자고 있던 홀어미는 놀래어 눈이 번쩍 띄었다. 만뢰(萬籟, 온갖 물건에서 나는 소리) 잠잠한 밤중이다.

"어머니! 그거 달아났에유, 내 옷두 없고……."

"응?"

하고 반 마디 소리를 치며 얼떨김에 그는 캄캄한 방 안을 더듬어 아랫간으로 넘어섰다. 황망히 등잔에 불을 댕기며,

"그래 어디로 갔단 말이냐?"

영산(왈칵 치솟는 노여운 감정)이 나서 묻는다. 아들은 벌거벗은 채 이불로 앞을 가리고 앉아서 징징거린다. 옆자리에는 빈 베개뿐 사람은 간 곳이 없다. 들어 본즉 온종일 일하게(일하기에) 피곤하여 아들은 자리에 들자 고만 세상을 잊었다. 하기야 그때 아내도 옷을 벗고 한 자리에 누워서 맞붙어 잤던 것이다. 그는 보통때와 조금도 다름없이 새침하니 드러누워서 천장만 쳐다보았다. 그런데 자다가 별안간 오줌이 마렵기에 요강을 좀 집어 달래려고 보니 뜻밖에 품안이 허룩하다(줄거나 없어져 적다). 불러 보아도 대답이 없다. 그제서는 어리짐작으로 우선 머리맡에 위해 놓았던 옷을 더듬어 보았다. 딴은 없다…….

필연 잠든 틈을 타서 살며시 옷을 입고 자기의 옷이며 버선까지 들고 내뺐음이 분명하리라.

"도적년!"

모자는 광술불(관솔불. 관솔은 송진이 많이 엉긴 소나무의 가지나 옹이)을 켜 들고 나섰다. 부엌과 잿간(거름으로 쓸 재를 모아두는 헛간)을 뒤졌다. 그리고 뜰 앞 수풀 속도 낱낱이 찾아봤으나 흔적도 없다.

"그래도 방 안을 다시 한 번 찾어보자."

홀어미는 구태여 며느리를 도적년으로까지는 생각하고 싶지 않았다. 거반 울상이 되어 허벙저벙(조급한 마음으로 정신없이 허둥지둥하는 모양) 방 안으로 들어왔다. 마음을 가라앉혀 들쳐 보니 아니면 다르랴 며느리 베개 밑에서 은비녀가 나온다. 달아날 계집 같으면 이 비싼 은비녀를 그냥 두고 갈 리 없다. 두말없이 무슨 병폐가 생겼다. 홀어미는 아들을 데리고 덜미를 집히는 듯 문 밖으로 찾아나섰다.

나그네는 남편과 산골을 떠나다

마을에서 산길로 빠져 나는 어구에 우거진 숲 사이로 비스듬히 언덕 길이 놓였다. 바로 그 밑에 석벽을 끼고 깊고 푸른 웅덩이가 묻히고 넓은 그 물이 겹겹 산을 에돌아(에워싸며 돌아) 약 십 리를 흘러내리면 신연 강(북한강) 중턱을 뚫는다. 시새(잘고 고운 모래)에 반쯤 파묻히어 번들대는 큰 바위는 내를 싸고 양쪽으로 질펀하다. 꼬부랑길은 그 틈바귀로 뻗었다. 좀체로 걷지 못할 재갈길(자갈길)이다. 내를 몇 번 건너고 흠상궂은(험상긋은) 산들을 비켜서 한 오 마장 넘어야 겨우 길다운 길을 만난다. 그리고 거기서 좀더 간 곳에 냇가에 외지게 일허진(허물어진) 오막살이 한 칸을 볼 수 있다. 물방앗간이다. 그러나 이제는 밥을 찾아 흘러가는 뜬 몸들의 하룻밤 숙소로 변하였다.

벽이 확 나가고 네 기둥뿐인 그 속에 힘을 잃은 물방아는 을씨년궂게(을씨년스럽게) 모로 누웠다. 거지도 그 옆에 홑이불 위에 거적을 덧쓰고 누웠다. 거푸진(잦은) 신음이다. 으! 으! 으흥! 서까래 사이로 달빛은 쌀쌀히 흘러든다. 가끔 마른 잎을 뿌리며⋯⋯.

"여보, 자우? 이러나게유, 얼핀(얼른)."

계집의 음성이 나자 그는 꾸물거리며 일어나 앉는다. 그리고 너털대는 홑적삼을 깃을 여며 잡고는 덜덜 떤다.

"인제 고만 떠날 테이야? 쿨룩⋯⋯."

말라빠진 얼굴로 계집을 바라보며 그는 이렇게 물었다.

십 분가량 지났다. 거지는 호사하였다. 달빛에 번쩍거리는 겹옷을 입고서 지팡이를 끌며 물방앗간을 등졌다. 골골하는 그를 부축하여 계집은 뒤에 따른다. 술집 며느리다.

"옷이 너무 커! 좀 적었었으면⋯⋯."

"잔말 말고 어여 갑시다. 펄쩍⋯⋯."

계집은 부리나케 그를 재촉한다. 그리고 연해(연이어) 돌아다보길 잊지 않았다. 그들은 강길로 향한다. 개울을 건너 불거져 내린 산모퉁이를 막 꼽들려(굽어들어) 할 제다. 멀리 뒤에서 사람 욱이는 소리가 끊일 듯 날 듯 간신히 들려온다. 바람에 먹히어 말저(말짱. 속속들이)는 모르겠으나 재없이(틀림없이) 덕돌이의 목성(목소리)임은 넉히 짐작할 수 있다.

"아, 얼른 좀 오게유."

똥끝이 마르는(몹시 힘든) 듯이 계집은 사내의 손목을 겁겁히(급하고 참을성 없이) 잡아끈다. 병든 몸이라 끌리는 대로 뒤뚝거리며(뒤뚝거리며. 중심을 잃고 자꾸 이리저리 기울어지며) 거지도 으슥한 산 저편으로 같이 사라진다. 수은빛(은백색) 같은 물방울을 품으며 물결은 산벽에 부닥뜨린다. 어디선지 지정치(가리키어 확실하게 정하지) 못할 늑대 소리는 이 산 저 산서 와글와글 굴러내린다.

이야기 따라잡기

    산골에서 주막을 차리고 가난하게 살아가는 덕돌네 모자의 집에 어느 날 밤 아낙네가 찾아든다. 그 아낙네가 곧 산골 나그네이다. 남편 없고 몸 붙일 곳이 없다며 이리저리 얻어먹고 다닌다고 한다.

    아침이 되어 마을에 갔던 덕돌이가 돌아오자, 덕돌네는 떠나려는 나그네를 잡고 더 머무르라고 한다. 그러자 갑자기 덕돌네 집으로 젊은 술꾼들이 몰려든다. 젊은 술꾼들은 나그네를 갈보로 알고, 덕돌 어머니에게 젊은 갈보를 내놓으라고 야단이다. 덕분에 술이 제법 잘 팔린다.

    그보다도 아들만 데리고 홀어미 생활을 무던히 하고 있는 덕돌네는 떠꺼머리 총각 아들이 이 나그네와 혼인만 하게 된다면 얼마나 좋을까 한다. 방아도 찧고 술청도 거들면서 나그네는 덕돌네 집에서 며칠을 보낸다.

    덕돌이는 마침내 소원대로 나그네와 혼인한다. 소원을 푼 덕돌이는 기운이 절로 나고 덕돌네도 생기가 돈다. 그러던 어느 날 밤, 덕돌이가 품안이 허전해서 더듬어 보니, 있어야 할 아내(나그네)가 없다. 아내는 간 데가 없을 뿐만 아니라 혼인 때 해 입고 아껴 오던 덕돌이의 새 옷도 없어졌다. 잠에서 깨어난 덕돌네 모자는 없어진 나그네를 찾아 나선다.

　오막살이 한 칸, 물방앗간에는 병들어 골골하는 사내가 누워 있다. 거기로 주막집 며느리가 되었던 나그네가 찾아와 사내를 깨운다. 훔쳐 온 옷을 입혀 물방앗간을 떠난다. 병든 남자(남편)와 도망치는 나그네가 산모퉁이를 돌아갈 때 뒤쫓아오는 덕돌네의 소리가 멀리서 들려온다. 산골 나그네는 마을을 떠난다.

쉽게 읽고 이해하기

김유정의 첫 작품

「산골 나그네」는 1933년 1월 13일에 탈고한 김유정의 첫 작품으로, 1933년 3월 『제일선』지에 안회남의 추천으로 발표되었다. 사실 1932년 6월 15일에 「심청」이라는 습작품을 탈고했으나 그 작품이 발표된 것은 1936년 1월 『중앙』지, 또 「산골 나그네」보다 훨씬 후의 일이므로 첫 작품이라고 할 수 없다. 한편으로 「산골 나그네」가 그의 첫 작품임에도 불구하고 주목을 받지 못한 것은, 『조선일보』 신춘문예 당선작 「소낙비」(1935)가 워낙 좋은 평을 받았기 때문이다.

일제 강점기 농촌의 궁핍한 실상

「산골 나그네」에서 '나그네'라고 불리는 아낙네와 병든 남편은 떠돌이 거지 또는 유랑 농민을, 덕돌네와 덕돌이는 가난한 소작농을 대표하는 인물들이다. 또한 남편 있는 여인이 남편을 살리고 남편과 함께하기 위해서 성매매를 하게 되는 과정을 보게 된다. 성매매에 대한 윤리적 고민이나 인간적 고통이 전연 발견되지 않는 것은 그만큼 도덕보다는 궁핍한 삶이 더 문제가 되었음을 보여 주며, 살기 위해서 성매매를 하는 생활력이 강한 여성의 이야기는 「소낙비」를 비롯한 김유정의 여러 작품에서 자주 만나게 되는 그 소설의 한 양상을 이룬다.

「산골 나그네」는 김유정 소설의 여러 전형이 시작되는 장점을 보이지만, 나그네가 덕돌네 집에 나타나는 과정이나 심리의 전개가 거의 드러나지 않는다는 점에서 나그네 행동의 동기가 불분명하게 보인다. 이러한 단점에도 불구하고 일제 강점기 한국 농촌의 궁핍상을 보여 주는 가운데, 풍부한 어휘와 분위기로 그 당시 우리 농촌의 모습을 생생하게 묘사해 내는 김유정의 탁월한 솜씨를 발견할 수 있다.

현장감을 살려 주는 요소

「산골 나그네」에 등장하는 '백두고개', '안말', '거문가니', '신연강' 등의 지명은 김유정의 고향 마을인 실레에 실제 있는 이름이다. 이것이 김유정 소설의 현장감을 살려 주는 요소이자, 향토주의의 한 모범으로서 그의 고향이 소설 속에 재생되고 있다는 사실을 알 수 있다. 실제로 덕돌네는 실존 인물이고, 소설 속의 상황과 비슷한 사건이 있었던 것도 전기적 고찰에서 확인된다고 한다.

김유정 문인비가 춘천시의 의암호 도로 근처에 세워져 있는데, 거기에 「산골 나그네」의 산골의 가을 풍경을 묘사한 부분이 새겨져 있다.

「총각과 맹꽁이」(『신여성』 1933. 9)는

농촌 현실과 궁핍상을 그리면서

김유정 특유의 해학 정신과

들병이, 건달형 · 바보형 남성상이 등장하는

여러 작품의 모범이 되는 소설이다.

총각과 맹꽁이

약물같이 개운한 밤이다. 버들 사이로 달빛은 해맑다.
목이 터지라고 맹꽁이는 노래 부른다. 암수 놈이 의좋게 주고받는 사랑의
노래이었다. 이 소리를 들으매 불현듯 울화가 터졌다.

등장인물

덕만이   주변머리도 없고 어수룩한 인물로, 열심히 살려고 애쓴다. 서른넷이 되도
록 장가도 못 가자 뭉태에게 들병이와의 결혼을 성사시켜 달라고 부탁하
나 그 꿈은 깨지고 뭉태와 친구들에게 실망만 하게 된다.

뭉태   의형제를 맺은 덕만이에게 결혼을 성사시켜 주겠다고 약속해 놓고 들병이
를 독차지해 버린다.

총각과 맹꽁이

들병이가 왔다는 소식에 나이 찬 총각들이 좋아한다

잎잎이 비를 바라나 오늘도 그렇다. 풀잎은 먼지가 보얗게 나훌거린다(나풀거린다). 말뚱한 하늘에는 불더미 같은 해가 눈을 크게 떴다.

땅은 닳아서 뜨거운 김을 턱밑에다 품긴다(풍긴다). 호미를 옮겨 찍을 적마다 무더운 숨을 헉헉 뽑는다. 가물에 조 잎은 앵생이(앤생이의 사투리. 몸이 약한 사람, 또는 보잘것없는 물건)다. 가끔 엎드려 김매는 이의 코며 눈퉁이를 찌른다. 호미는 퉁겨지며 쨍 소리를 때때로 낸다. 곳곳이 박힌 돌이다. 예사 밭이면 한 번 찍어 넘길 걸 서너 번 안 하면 흙이 일지 않는다.

콧등에서, 턱에서 땀은 물 흐르듯 떨어지며 호미 자루를 적시고 또 흙에 스민다. 그들은 묵묵하였다. 조밭 고랑에 쭉 늘어 박혀서 머리를 숙이고 기어갈 뿐이다. 마치 땅을 파는 두더지처럼.

입을 벌리면 땀 한 방울이 더 흐를 것을 염려함이다. 그러자 어디서 말을 붙인다.

"어이 뜨거, 돌을 좀 밟았다가 혼났네."

"이놈의 것도 밭이라고 도지(도조[賭租]. 남의 논밭을 빌려서 부치고 논밭을 빌린 대가로 해마다 내는 벼)를 받아 처먹나."

"이제는 죽어도 너와는 품앗이 안 한다."

고 한 친구가 열을 내더니,

"씨 값으로 골치기(이랑을 만드는 일)나 하자구 도루 줘 버려라."

"이나마 없으면 먹을 게 있어야지!"

덕만이는 불안스러웠다. 호미를 놓고 옷깃으로 턱을 훑는다. 그리고 그 편으로 물끄러미 고개를 돌린다. 가혹한 도지다. 입쌀 석 섬, 보리, 콩 두 포(자루)의 소출은 근근 댓 섬. 나눠 먹기도 못 된다. 본디 밭이 아니다. 고목 느티나무 그늘에 가리어 여름날 오고 가는 농군이 쉬던 정자 터이다. 그것을 지주가 무리로 갈아 도지를 놓아 먹는다. 콩을 심으면 잎 나기가 고작이요 대부분이 열지를 않는 것이었다. 친구들은 일상

'덕만이가 사람이 병신스러워.'

하고 이 밭을 침 뱉어 비난하였다. 그러나 덕만이는 오히려 안 되는 콩을 탓할 뿐 올해는 조로 바꾸어 심는 것이었다.

"좀 쉐서들(쉬어서들) 하세!"

한 고랑을 마치고 덕만이는 일어서 고목께로 온다. 뒤묻어(뒤따라) 땀바가지들이 옹게종게 모여든다. 돌 위에 한참 앉아 쉬더니 겨우 생기가 좀 돌았다. 곰방대들을 꺼내 문다. 혹은 대를 들고 담배 한 대 달라고 돌아치며 수선을 부린다.

"북새(북쪽에서 불어오는 바람)가 드네. 올 농사 또 헛하나 보다."

여러 눈이 일제히 말하는 시선을 더듬는다. 바람에 아른거리는 저편 버덩(넓고 평평한 들)의 파란 볏잎을 이윽히 바라보았다. 염려스러이…….

젊은 상투는 무척 시장하였다. 따로 떨어져 쭈그리고 앉았다. 고개를 폭 기울이고는 불평이 요만이 아니다.

"제미붙을(제 어미와 상관한다는 뜻의 욕설), 배고파 일 못 하겠네!"

"허기져 죽겠는걸. 허리가 착 까부러지는구나!"

옆에서 받는다.

"이 땀을 흘리고 제누리('곁두리'의 사투리. 농사꾼이나 일꾼들이 끼니 외에 참참이 먹는 음식) 없이 일할 수 있나? 진흥회 아니라 제 할아비가 온대두!"

하고 또 뇌더니 아무도 대답이 없으매,

"개×두 없는 놈에게 호포(봄·가을 두 철에 집집마다 물던 세)는 올려두 곁두리(새참)만 안 먹으면 산담 그래!"

어조를 높여 일동에게 맞장(맞장구)을 청한다.

"너는 그래도 괜찮아. 덕만이가 다 호포를 낼라구."

뚝건달(주먹질은 못 하면서 폼만 잡는 건달) 뭉태는 콧살을 찡긋이 비웃으며 바라본다. 네나 내가 촌뜨기들이 떠들어 뭣하리 그보다……,

"여보게들, 오늘 참 들병이(병술을 가지고 다니며 파는 여자) 온 것을 아나?"

이 말에 나(나이) 찬 총각들은 귀가 번쩍 띄었다. 기쁜 소식이다. 그 입을 뻔히 쳐다보며 뒷말을 기다린다. 반갑기도 하려니와 한편으로는 의아하였다. 한창 바쁜 농시방극(農時方劇, 농사철이 되어 일이 한창 바쁨)에 뭘 바라고 오느냐고 다 같은 질문이다.

그것은 들은 체 만 체 뭉태는 나무에 비스듬히 자빠져서 하늘로 눈만

껌벅인다. 그리고 홀로 침이 말라 칭찬이다.

"말갛고 살집 좋아라. 내려 씹어두 비린내두 없을걸! 제일 그 볼기짝 두두룩한 것이……."

"나이는?"

"스물둘, 한창 폈더라!"

"놈팽이 있나?"

예제서(여기저기서) 슬근슬근 죄어 들며 묻는다.

"없어. 남편을 잃고서 홧김에 들병으로 돌아다니는 판이라네!"

"그럼 많이 돌아 먹었구면?"

"뭘 나이를 봐야지 숫배기(숫보기. 순진하고 어수룩한 사람)더라."

"얘, 좋구나. 한 잔 먹어 보자."

이쪽저쪽서 수군거린다. 풍년이나 만난 듯이 야단들이다. 한구석에 앉았던 덕만이가 일어서 오더니 뭉태를 꾹 찍어 간다. 느티나무 위로 와서

"성님, 남편 없수?"

"그럼 정말이지!"

"나 좀 장가 들여 주. 한턱 내리다."

뭉태의 눈치를 훑는다. 의형이라 못 할 말 없겠지만 그래도 어쩐지 얼굴이 후끈하였다.

"염려 말게. 그러나 돈이 좀 들걸!"

개울 건너서 덕만 어머니가 온다. 점심 광주리를 이고 더워서 허덕인다. 농군들은 일어서 소리치며 법석이다. 호미 자루를 뽑아 호미 등에다 길군악(조선 시대의 12가사 중의 하나)을 치는 놈도 있다.

"점심, 점심이다. 먹어야 산다!"

덕만이 뭉태에게 장가들여 달라고 하다

저녁이 들자 바람은 산들거린다. 뭉태는 제 집 바깥뜰에 버릿지(보릿짚)를 깔고 앉아서 동무 오기를 고대하였다. 덕만이가 제일 먼저 부리나케 내달았다. 뭉태 옆에 와 궁둥이를 내려놓으며 좀 머뭇거리더니,

"아까 말이 실토유. 꼭 장가 좀 들여 줘겨유."

"글쎄, 나만 믿어. 설사 자네게 거짓말하겠나."

"성님만 믿우, 꼭 해 줘겨유."

하고 다지고,

"내, 내 닭 팔거든 호미씨샛날(농가에서 김매기를 끝낸 음력 7월경에 날을 받아 하루를 쉬며 음식을 장만하고 즐겁게 노는 날) 단단히 한턱 하리다."

하고 또귀띔 한 번 굳게 다진다.

낮에 귀띔해 왔던 젊은 측들이 하나 둘 모인다. 약속대로 고스란히 여섯이 되었다. 모두들 일어서서 한 덩어리가 되어 수군거린다. 큰일이나 치러 가는 듯 이러자 저러자 의견이 분분하여 끝이 없다. 어떻게 해야 돈이 덜 들까가 문제다. 우리가 막걸리 석 되만 사 가지고 가자, 그래 계집더러 부으라고, 나중에 얼마간 주면 고만이다. 하니까 한편에선 그러지 말고 그 집으로 가서 술을 대고(자꾸) 퍼먹자, 그리고 시치미 딱 떼고 나오면 하고 우기는 친구도 있다. 그러나 뭉태는 말하였다. 계집을 우리 집으로 부르자. 소주 세 병만 가져오래서 잔풀이(낱잔으로 셈하는 것)로 시

키는 것이 제일 점잖아.

술값은 각 추렴으로 할까 혹은 몇 사람이 술을 맡고 그 나머지는 안주를 할까를 토의할 제 덕만이는 선뜻 대답하였다. 오늘 밤 술값은 내 혼자 전부 물겠다고. 그리고 닭도 한 마리 내겠으니 아무쪼록 힘써 잘해 달라고 뭉태에게 다시 당부하였다.

뭉태는 계집을 데리러 거리로 나갔다. 덕만이는 조금도 지체 없이 오라 경계하였다. 그리고 제 집을 향하여 개울 언덕으로 올라섰다.

산기슭에 내를 앞두고 놓였다. 방 한 칸, 부엌 한 칸, 단 두 칸을 돌로 쌓아 올려 이엉으로 덮은 집이었다. 식구는 모자뿐. 아들이 일을 나가면 어머니도 따라 일찍 나갔다. 동네로 돌아다니며 일자리를 찾았다. 그리고 온종일 방아품을 팔아 밥을 얻어다가 아들을 먹여 재우는 것이 그들의 살림이었다. 딸은 선채(혼례 전에, 신랑 집에서 신부 집으로 보내는 채색 비단)를 받고 놓았다. 아들 장가 들일 예정이었던 것이 빚구멍 갚기에 시나브로(모르는 사이에 조금씩) 녹여 버리고,

"그까짓 며느리쯤은 시시하다유."

하고 남들에는 겉을 꺼리지만……,

"언제나 돈이 있어 며느리를 좀 보나!"

돌아서 자탄을 마지않는 터이다. 반드시 장가는 들어야 한다.

덕만이는 언덕 밑에다 신을 벗었다. 그리고 큰 몸집을 사리어 삽붓삽붓(사뿐사뿐) 집엘 들어섰다. 방문이 벌떡 나가떨어지고 집 안이 휑하다. 어머니는 자는 모양. 닭의 장 문을 조심해 열었다. 손을 집어 넣어 손에 닿는 대로 허구리(옆구리)께를 슬슬 긁어 주었다. 팔아서 등걸 잠방이 해

입는다는 닭이었다. 한 손이 재바르게 모가지를 훔켜잡자(단단히 움켜잡
자) 다른 손이 날갯죽지를 훔키려 할 제 그만 빗나갔다. 한 놈이 풍기니
까(사방으로 흩어지니까) 뭇놈이 푸드득하며 대고 골골거린다.

별안간,

"훼! 훼! 이 망할 년의 ×으로 난 놈의 고양이!"

하고 훼박은(훠어박은) 듯이 방에서 퉤나는(뛰어나오는) 기색이더니,

"다 쫓았어유. 염려 말구 주무시여유!"

하니까,

"닭장 문 좀 꼭 얽어라."

소리뿐으로 다시 조용하다.

그는 무거운 숨을 돌렸다. 닭을 옆에 감추고 나는 듯 튀어나왔다. 그
리고 뭉태 집으로 내달으며 그의 머리에 공상이 한두 가지가 아니었다.
뭉태가 예쁘달 때엔 어지간히 출중난(남달리 뛰어나고 유별난) 계집일 게다.
이런 걸 데리고 술장사를 한다면 그 밖에 더 큰 수는 없다. 뒤(두어) 해만
잘 하면 소 한 마리쯤은 낙자없이(틀림없이) 떨어진다. 그리고 아들도 곧
낳아야 할 텐데 이거 무엇보다 큰 걱정이었다.

뭉태가 들병이를 차지하다

뭉태는 얼간하였다. 들병이를 혼자 껴안고 물리도록 시달린다. 두터
운 입술을 이그리며(이그러뜨리며. 일그러뜨리며),

"요것아, 소리 좀 해라. 아리랑 아리랑."

고갯짓으로 계집의 응둥이(엉덩이)를 두드린다. 좁은 봉당이 꽉 찼다. 상 하나 희미한 등잔을 복판에 두고 취한 얼굴이 청승궂게 쥐어 앉았다. 다 같이 눈들은 계집에서 떠나지 않는다. 고역(구석)에서 벼룩은 들끓으며 등어리 정강이를 대고 뜯어 간다. 그러나 긁는 것은 사내의 체통이 아니다. 꾹 참고 제 차지로 계집 오기만 눈이 빨개 손꼽는다.

"술 좀 천천히 붓게유."

"그럼 일루(이렇게) 밤 새유? 없으면 가친(같이) 자지유!"

계집은 곁눈을 주며 생긋 웃어 보인다. 덩달아 맹입(맨입)이 맥없이 그리고 슬그머니 뺑긴다(뺑긋한다).

얼굴 까만 친구가 얼마 벼르다가 마코(일제 때의 담배 이름) 한 개를 피워 올린다. 그리고 우격으로 끌어당겨 남 보란 듯이 입을 맞춘다. 계집은 예사로 담배를 받아 피우고는 생글거린다. 좌중은 뱉이 상했다. 양궐련(담배) 바람이 시다는 둥 이왕이면 속곳 밑 들고 인심 쓰라는 둥 별별 핀퉁이(핀잔)가 다 들어온다.

"돌려라 돌려, 혼자만 주무르는 게야?"

목이 마르듯 사방에서 소리를 지르며 눈을 지릅뜬다(부릅뜬다). 이 서슬에 계집은 일어서서 어디로 갈지를 몰라 술병을 들고 갈팡거린다. 덕만이는 따로 떨어져 봉당 끝에 구부리고 앉았다. 애꿎은 담배통만 돌에다 대고 두드린다. 암만 기다려도 뭉태는 저만 놀 뿐 인사를 아니 붙인다. 술은 제가 내련만 계집도 시시한지 눈을 들떠 보지 않는다. 그래 입때(여태껏) 말 한마디 못 건네고 홀로 끙끙 앓는다. 봉당 아래 하얀 귀여운 신이 납죽 놓였다. 덕만이는 유심히 보았다. 돌아앉아서 남이 혹시 보지나

않나 살핀다. 그리고 퍼드러진(흐드러지게 퍼진) 시커먼 흙발에다 그 신을 뀌고는(꿰고는) 눈을 지그시 감아 보았다. 계집의 신이다. 다시 벗어 제 발에 뀌고는 짝없이(더할 나위 없이) 기뻐한다.

약물(약수물)같이 개운한 밤이다. 버들 사이로 달빛은 해맑다. 목이 터지라고 맹꽁이는 노래 부른다. 암수 놈이 의좋게 주고받는 사랑의 노래이었다. 이 소리를 들으매 불현듯 울화가 터졌다. 여지껏 누르고 눌러 오던 총각의 쿠더분한 울분이 모조리 폭발하였다. 에이, 하치 못한(하찮은) 인생! 하고 제 몸을 책하고 난 뒤 계집의 앞으로 달려들어 무릎을 꿇었다. 두 손을 공손히 무릎 위에 얹었다. 그 행동이 너무나 쑥스럽고 남다르므로 벗들은 눈이 컸다.

"뵈기는 아까부터 뵀으나 인사는 처음 여쭙니다."
하고 죽어 가는 음성으로 억지로 봉을 뗐다(말문을 열었다). 그로서는 참으로 큰 용기다.

"저는 강원두 춘천군 신면 중리 아랫말에 사는 김덕만입니다. 울 아버지가 승(성)이 광산 김갑니다."

두 손을 자꾸 비비더니,

"어머니허구 단 두 식굽니다. 하치 못한 사람을 찾아 주셔서 너무 고맙습니다. 저는 서른넷인데두 총각입니다."

"?"

계집은 영문을 몰라 어안이 벙벙하다가,

"고만이올시다."
하며 이마를 기울여 절하는 것을 볼 때 참았던 고개가 절로 돌았다. 그리고 터지려는 웃음을 깨물다 재채기가 터져 버렸다.

"일테면 인사로군? 뭘 고만이야, 더 허지."

여기저기서 키키거린다. 그런 인사는 좀 됐다 하자구 핀잔이 들어온다. 모처럼 한 인사가 실패다. 그는 그 자리에서 일어나지도 못하고 얼굴이 벌개서 고개를 숙인 채 부처가 되었다.

새벽녘이다. 달이 지니 바깥은 검은 장막이 내린다.

세 친구는 봉당에 곯아떨어졌다. 술에 취한 게 아니라 어찌 지껄였던지 흥에 취하였다. 뭉태, 덕만이, 까만 얼굴, 세 사람이 마주 보며 앉았다. 제가끔 기회를 엿보나 맘대로 안 되며 속만 탈 뿐이다. 뭉태는 계집의 어깨를 잔뜩 부여잡고 부라질(몸을 좌우로 흔드는 짓)을 한다. 실상은 안 취했건만 독단 주정이요 발광이다.

새매같이 쏘다가 계집 귀에다 눈치 빠르게 수군거리곤 그 옆구리를 꾹 찌르고,

"어이 술 췌(취해). 소피 좀 보고 옴세."

벌떡 일어서 비틀거리며 싸리문 밖으로 나간다. 좀 있더니 계집이 마저 오줌 좀 누고 오겠다고 나가 버린다. 덕만이는 실쭉허니(조금 고까운 듯이) 눈만 둥굴린다. 일이 내내 마음에 어그러지고 말았다. 그다지 믿었던 뭉태도 저 놀 구멍만 찾을 뿐으로 심심하다. 그리고 오줌은 만드는지 여태들 안 들어온다. 수상한 일이다. 그는 벌떡 일어서 문밖으로 나왔다.

발밑이 캄캄하다. 더듬어 가며 잿간, 낟가리, 나뭇더미 틈바귀를 샅샅이 내려 뒤졌다. 다시 발길을 돌리어 근방의 밭고랑을 뒤지기 시작하였다. 눈에서 불이 난다.

차차 동이 튼다. 젖빛 맑은 하늘이 품을 벌린다. 고운 봉우리, 험상궂은 봉우리, 이쪽저쪽서 하나둘 툭툭 불거진다. 손뼉 같은 콩잎은 이슬을 머금고 우거졌다. 스칠 새 없이 다리에 척척 엉기며 물을 뿜는다. 한동안 헤갈(허둥지둥 헤맴)을 하고서 밭 한복판 고랑에 콩잎에 가린 옷자락을 보았다. 다짜고짜로 달려들었다. 그러나,

"이게 무슨 짓이지유? 아까 뭐라구 마켓지유(말했지유)?"

하고는 저로도 창피스러워 뒤 칸 거리에서 다리가 멈칫하였다. 의형이라고 믿었던 게 불찰이다. 뭉태는 조금도 거침없었다. 고개도 안 돌리며,

"저리 가. 왜 사람이 눈치를 못 차리고 저 뻔새(본새. 어떠한 동작이나 버릇의 됨됨이)야."

화를 천둥같이 내지른다. 도리어 몰리니 기가 안 막힐 수 없다. 말문이 막혀 먹먹하다.

"그래 철석같이 장가들여 주마 할 제는 언제유?"

하고 지지 않게 목청을 돋웠다.

"술값 내슈. 가게유!"

손을 벌릴 때,

"나하고 안 살면 술값 못 내겠시유."

하고는 끝대로 배를 튀겼다.

눈은 눈물이 어리어 야속한 듯이 계집을 쏘았다. 계집은 술 먹고 술값 안 내는 경우가 뭐냐고 중언부언 떠든다. 나중에는 내가 술 팔러 왔지 당신의 아내가 되러 온 것이 아니라고 좋이 타이르기까지 되었다.

뭉태는 시끄러웠다. 술값은 내가 주마고 계집의 팔을 이끌어 콩포기

를 헤집고 길로 나가 버린다.

　시위도 좀 해 봤으나 최후의 계획도 틀렸다. 덕만이는 아주 낙담하고 콩밭 복판에 멍허니 서서 그들의 뒷모양만 배웅한다. 계집이 길로 나서자 눈이 빠지게 기다리던 깜둥이 총각이 또 달려든다.

　이것을 보니 가슴은 더욱 쓰라렸다. 동무가 빤히 지키고 서 있는데도 끌고 들어가는 그런 행세는 또 없을 게다. 눈물은 급기야 꺼칠한 윗수염을 거쳐 발등으로 줄대(줄줄) 흘렀다.

　이 집 저 집서 일꾼 나오는 것이 멀리 보인다. 연장을 들고 밭으로 논으로 제각기 흩어진다. 아주 활짝 밝았다.

　덕만이는 금시로 콩밭을 튀어나왔다. 잿간 옆으로 달려들며 큰 돌멩이를 집어들었다. 마는 눈을 얼마 감고 있는 동안 단념하였는지 골창(고랑창. 작고 깊은 고랑)으로 던져 버렸다. 주먹으로 눈물을 비비고는,

　"살재두 나는 인전 안 살 터이유!"

하고 잿간을 향하여 소리를 질렀다. 그리고 제 집으로 설렁설렁 언덕을 내려간다.

　그러나 맹꽁이는 여전히 소리를 끌어올린다. 골창에서 가장 비웃는 듯이 음충맞게(마음이 검고 흉측하며 불량하게) '맹!' 던지면 '꽁!' 하고 간드러지게 받아넘긴다.

이야기 따라잡기

   뜨거운 대낮에 덕만이네 밭에 동네 총각들이 모여 김을 맨다. 어리숙한 덕만이는 돌이 많고 좋지 않은 밭은 탓하지 않고 괜히 콩이 안 되는 것만을 탓하며 올해는 조를 심고자 한다.

   잠시 쉬는 동안 나이 찬 총각들은 들병이가 왔다는 소식을 듣고 기뻐한다. 이때 덕만이가 뭉태에게 장가들여 달라고 부탁한다. 선채를 받고 딸은 시집보내고 아들을 먹이느라 방아품을 파는 어머니와 둘만 사는 덕만이다.

   덕만이가 뭉태의 집에 가 보니, 여러 친구와 함께 뭉태가 들병이를 불러 놓고 어울려 놀고 있다. 덕만이가 들병이에게 인사를 하는데도 들병이는 덕만이에게 별 반응을 보이지 않는다. 그런 가운데 세 친구가 흥에 취해 곯아떨어진다.

   뭉태가 뒷간에 간다며 나가자 곧 들병이도 따라 나간다. 그런데 볼일 보고 들어와야 할 시간이 지났는데도 두 사람이 돌아오지 않는다. 덕만이가 뭉태와 들병이를 찾아 나가 보니, 두 사람이 콩밭에 들어가 한데 어우러져 있는 것이다. 이를 보고 눈에 불이 난 덕만이는 콩밭으로 달려든다. 그러자 뭉태가 오히려 방해하지 말라며 소리지르고 들병이는 술값까지 덕만이에게 내라고 한다. 덕만이가 나하고 살면 술값을 내겠다고 하자, 들병이는 술 팔러 왔지 아내 되러 온 것이 아니라고 쏘아 댄다.

두 사람이 옥신각신하자 뭉태가 시끄럽다며 술값은 자기가 내겠다고 들병이를 데리고 가려 한다. 이때 같이 술 먹던 깜둥이 총각마저 따라나와 들병이에게 달려든다. 이를 보고 덕만이는 실망하여 눈물까지 흘린다.

쉽게 읽고 이해하기

김유정의 두 번째 작품

「총각과 맹꽁이」는 1933년 8월 6일에 썼고, 『신여성』지 1933년 9월호에 발표한 김유정의 두 번째 단편소설이다. 「산골 나그네」보다 잘 알려지지 않았지만, 김유정 소설의 특징이 잘 나타나 있는 작품이다.

긍정적인 바보 덕만이와 건달 뭉태

「총각과 맹꽁이」는 바보형과 건달형이라는 남성 인물의 두 본보기를 등장시켜 해학적 행동으로 웃음을 자아내게 한다.

주인공 덕만이는 바보형에 속한다. 주변머리도 없고 어수룩하여 친구들이 그를 '사람이 병신스러워'라고 비난하기도 한다. 어수룩한 그가 지주에게서 빌린 땅은 정자 터이다. 그 척박한 땅에 콩을 심었다가 실패하고도 콩이 나쁜 탓이라 여기고 이번에는 조로 바꾸어 심을 만큼 긍정적인 인물이 바로 덕만이다. 잡초처럼 살아가는 덕만이와 그 어머니는 희망을 버리지 않는 것이 있으니, 그것은 결혼이다. 덕만이는 마을에 들어왔다는 들병이와 결혼할 결심을 한다. 마침 예쁘게 생겼다니 술장사를 시켜서 돈도 벌 수 있을 거라고 희망에 부푼다. 덕만이는 의형제를 맺은 뭉태에게 돈이 들더라도 좋으니 결혼만 성사시켜 달라고 부탁한다. 그런데 새벽녘에 나간 뭉태와 들병이가 콩밭 복판에서 엉켜 있는 것을 보고 배신감과 좌절감을 맛보게 된다. 결국 어수룩하고 주변머리 없는 농사꾼 덕만이가, 건달 같고 뻔뻔스러운 뭉태를 믿고 매춘부인 들병이에게 장가를 들여 달라고 한 데서 덕만이의 비극이 시작된 것이다.

뭉태와 들병이는 못 믿을 인물이다. 그 못 믿을 인물에게 덕만이가 기대를 건 것이다. 그리고 결혼과 돈벌이를 함께 이루려는 꿈이 실현될 수 없는 까닭을 덕만이는 모른다. 다만 뭉태의 배신과 들병이의 모욕에 화가 나서 달려들 뿐이다. 덕만이의 열심히 살려 하는 노력과 꿈이 짓밟히는 장면에서 그 당시 힘들고 어렵던 우리 농촌 현실을 발견할 수 있다.

들병이의 등장과 여성 문제

그리고 이 작품에 등장하는 들병이의 성매매 장면에도 주목할 필요가 있다. 들병이는 사실 조선 시대부터 병술을 받아서 술을 파는 떠돌이 술집 여자를 가리키는 말이다. 우리나라 작가 중에서 유일하게 김유정만이 이 들병이를 등장시켜 당시의 여성 문제를 제기하고 있다. 그리고 「조선의 집시 — 들병이 철학」이라는 글에서 들병이 문제를 구체적으로 다루기도 하였다.

「소낙비」(『조선일보』, 1935.1)는

『조선일보』 신춘문예에 당선된 작품으로

'따라지 목숨'이라는 부제가 붙어 있었다.

농토를 빼앗긴 유랑 농민 부부가 극한적인

경제적 궁핍을 탈피하기 위해 매춘을 벌이는

비극적 이야기이다.

소낙비

복을 받으려면 반드시 고생이 따르는 법이니
이까짓 거야 골백번 당한대도 남편에게 매나 안 맞고
의좋게 살 수만 있다면 그는 사양치 않을 것이다.

등장인물

춘호   빚 때문에 야반도주를 하고 산골 마을까지 흘러 들어왔지만 땅도 얻지 못하고 아내만 괴롭히며 지내는 인물. 노름으로 돈을 따서 빚을 갚고 서울에 올라가 살 꿈에 부풀어 있다.

아내   춘호의 아내. 열아홉 살 나이에 외모가 고운 편이다. 없는 살림에 산속을 헤매며 도라지나 더덕을 캐다가 생계를 꾸리고 있지만 돈을 해 오라는 남편의 등쌀에 못 이겨 이 주사를 찾아간다.

이 주사   동리의 부자 양반. 쇠돌 엄마를 첩으로 데리고 있고 춘호의 아내에게도 눈독을 들인다.

소낙비

춘호는 돈을 구해 오라고 아내를 때린다

음산한 검은 구름이 하늘에 뭉게뭉게 모여드는 것이 금시라도 비 한 줄기 할 듯하면서도 여전히 짓궂은 햇발은 겹겹 산속에 묻힌 외진 마을을 통째로 자실 듯이 달구고 있었다. 이따금 생각나는 듯 산매(山魅, 요사스러운 귀신) 들린 바람은 논밭 간의 나무들을 뒤흔들며 미쳐 날뛰었다.

뫼(산) 밖으로 농군들을 멀리 품앗이로 내보낸 안말의 공기는 쓸쓸하였다. 다만 맷맷한(생김새가 매끈하게 곧고 긴) 미루나무 숲에서 거칠어 가는 농촌을 읊는 듯 매미의 애끊는 노래…….

매 ─ 음! 매 ─ 음!

춘호는 자기 집 ─ 올봄에 오 원을 주고 사서 든 묵삭은(오래되어 썩은 것처럼 된) 오막살이집 ─ 방 문턱에 걸터앉아서 바른 주먹으로 턱을 괴고는 봉당에서 저녁으로 때울 감자를 씻고 있는 아내를 묵묵히 노려보고 있었다. 그는 사날(사나흘) 밤이나 눈을 안 붙이고 성화를 하는 바람에 농사에 고리삭은(젊은이다운 활발한 기상이 없고 하는 짓이 늙은이 같은) 그의 얼굴은 더욱 해쓱하였다.

아내에게 다시 한 번 졸라 보았다. 그러나 위협하는 어조로,

"이봐, 그래 어떻게 돈 이 원만 안 해 줄 테여?"

아내는 역시 대답이 없었다. 갓 잡아 온 새댁 모양으로 씻는 감자나 씻을 뿐 잠자코 있었다.

되나 안 되나 좌우간 이렇다 말이 없으니 춘호는 울화가 터져서 죽을 지경이었다. 그는 타곳에서 떠돌아 온 몸이라 자기를 믿고 장리(돈이나 곡식을 꾸어 주고, 받을 때에는 한 해 이자로 본디 곡식의 절반 이상을 받는 돈)를 주는 사람도 없고 또는 그 알량한 집을 팔려 해도 단 이삼 원의 작자도 내닫지 않으므로 앞뒤가 꼭 막혔다마는, 그래도 아내는 나이 젊고 얼굴 똑똑하겄다, 돈 이 원쯤이야 어떻게라도 될 수 있겠기에 묻는 것인데 들은 체도 안 하니 썩 괘씸한 듯싶었다.

그는 배를 튀기며 다시 한 번,

"돈 좀 안 해 줄 테여?"

하고 소리를 빽 질렀다.

그러나 대꾸는 역시 없었다. 춘호는 노기충천하여 불현듯 문지방을 떠다밀며 벌떡 일어섰다. 눈을 홉뜨고 벽에 기댄 지게막대를 손에 잡자 아내의 옆으로 바람같이 달려들었다.

"이년아, 기집 좋다는 게 뭐여. 남편의 근심도 덜어 주어야지, 끼고 자자는 기집이여?"

지게막대는 아내의 연한 허리를 모질게 후렸다. 까부라지는 비명은

모지락스레(보기에 억세고 모질게) 찌그러진 울타리 틈을 벗어 나간다. 잼처(어떤 일에 바로 뒤이어 거듭) 지게막대는 앉은 채 고꾸라진 아내의 발 뒤축을 얼러 볼기를 내리갈겼다.

"이년아, 내가 언제부터 너에게 조르는 게여?"

범같이 호통을 치며 남편이 지게막대를 공중으로 다시 올리며 모질음(어떤 고통을 견디거나 이겨내려고 쓰는 힘)을 쓸 때 아내는,

"에그머니!"

하고 외마디를 질렀다. 연하여 몸을 뒤치자 거반 엎어질 듯이 싸리문 밖으로 내달렸다. 얼굴에 눈물이 흐른 채 황그리는(욕될 만큼 매우 낭패를 당한) 걸음으로 문 앞의 언덕을 내리어 개울을 건너고 맞은쪽에 뚫린 콩밭 길로 들어섰다.

"너, 네가 날 피하면 어딜 갈 테여?"

발길을 막는 듯한 의미 있는 호령에 달아나던 아내는 다리가 멈칫하였다. 그는 고개를 돌리어 싸리문 안에 아직도 지게막대를 들고 섰는 남편을 바라보았다. 어른에게 죄 지은 어린애같이 입만 종깃종깃(쫑긋쫑긋)하다가 남편이 뛰어나올까 겁이 나서 겨우 입을 열었다.

"쇠돌 엄마 집에 좀 다녀올게유."

쭈뼛쭈뼛 변명을 하고는 가던 길을 다시 휭허케(횡하니) 내걸었다.

아내는 아무리 생각해도 돈을 구할 방도가 없다

아내라고 요새 이 돈 이 원이 급시로 필요함을 모르는 바도 아니었다

마는, 그의 자격으로나 노동으로나 돈 이 원이란 감히 땅띔도 못 해볼(감히 생각조차 못해 볼. 땅띔이란 무거운 물건을 들어 땅에서 뜨게 하는 일) 형편이었다. 벌이라야 하잘것없는 것 — 아침에 일어나기가 무섭게 남에게 뒤질까 영산이(흩어져) 올라 산으로 빼는 것이다. 조그만 종댕이('종다래끼'의 사투리. 작은 바구니)를 허리에 달고 거한 산중에 드문드문 박혀 있는 도라지, 더덕을 찾아 가는 일이었다. 깊은 산속으로 우중충한 돌 틈바귀로 잔약한 몸으로 맨발에 짚신짝을 끌며 강파른 산등을 타고 돌려면 젖 먹던 힘까지 녹아내리는 듯 진땀이 머리로 발끝까지 쭉 흘러내린다.

아랫도리를 단 외겹으로 두른 낡은 치맛자락은 다리로, 허리로 척척 엉기어 걸음을 방해하였다. 땀에 붙은 종아리는 거친 숲에 긁혀 매어 그 쓰라림이 말이 아니다. 게다가 무거운 흙내는 숨이 탁탁 막히도록 가슴을 찌른다. 그러나 삶에 발버둥치는 순진한 그의 머리는 아무 불평도 일지 않았다.

가뭄에 콩 나기로 어쩌다 도라지 순이라도 어지러운 숲 속에 하나둘 뾰족이 뻗어 오른 것을 보면 그는 그래도 기쁨에 넘치는 미소를 띠었다.

때로는 바위도 기어올랐다. 정히 못 기어오를 그런 험한 곳이면 칡덩굴에 매어달리기도 하는 것이었다. 땟국에 전 무명 적삼은 벗어서 허리춤에다 꾹 찌르고는 호랑이 숲이라 이름난 강원도 산골에 매어달려 기를 쓰고 허비적거린다. 골바람은 지날 적마다 알몸을 두른 치맛자락을 공중으로 날린다. 그제마다 검붉은 볼기짝을 사양 없이 내보이는 칡덩굴이 그를 본다면, 배를 움켜쥐어도 다 못 볼 것이다마는, 다행히 그윽한 산골이라 그 꼴을 비웃는 놈은 뻐꾸기뿐이었다.

이리하여 해동갑(해가 질 때까지의 동안)으로 혜갈(허둥지둥 혜맴)을 하고 나면 캐어 모은 도라지, 더덕을 얼러 사발가웃(한 사발 반 정도), 혹은 두어 사발 남짓하게 되는 것이다. 그러면 동리로 내려와 주막거리에 가서 그걸 내주고 보리쌀과 사발 바꿈을 하였다. 그러나 요즘엔 그나마도 철이 겨워 소출이 없다. 그 대신 남의 보리방아를 온종일 찧어 주고 보리밥 그릇이나 얻어다가는 집으로 돌아와 농토를 못 얻어 뻔뻔히 노는 남편과 같이 나누는 것이 그날 하루하루의 생활이었다. 그리고 보니 돈 이 원커녕 당장 목을 딸대도 피도 나올지가 의문이었다.

아내는 이 주사 덕에 호강하는 쇠돌 엄마를 찾아간다

만약 돈 이 원을 돌린다면 아는 집에서 보리라도 꾸어 파는 수밖에는 다른 도리가 없다. 그리고 온 동리의 아낙네들이 치맛바람에 팔자 고쳤다고 쑥덕거리며 은근히 시새우는 쇠돌 엄마가 아니고는 노는 보리를 가진 사람이 없다. 그런데 도둑이 제 발 저리다고 그는 자기 꼴 주제에 제물에(제풀에) 눌려서 호사로운 쇠돌 엄마에게는 죽어도 가고 싶지 않았다. 쇠돌 엄마도 처음에는 자기와 같이 천한 농부의 계집이련만 어쩌다 하늘이 도와 동리의 부자 양반 이 주사와 은근히 배가 맞은 뒤로는 얼굴도 모양내고, 옷치장도 하고, 밥 걱정도 안 하고 하여 아주 금방석에 뒹구는 팔자가 되었다. 그리고 쇠돌 아버지도 이게 웬 땡이냔 듯이 아내를 내어 논 채 눈을 살짝 감아 버리고 이 주사에게서 나온 옷이나 입고 주는 쌀이나 먹고 연년이 신통치 못한 자기 농사에는 한 손을 떼고는 희짜를 뽑는(가진 것이 없으면서 짐짓 분수에 넘치게 구는) 것이 아닌가!

사실 말인즉, 춘호 처가 쇠돌 엄마에게 죽어도 아니 가려는 그 속 까닭은 정작 여기 있었다.

바로 지난 늦은 봄, 달이 뚫어지게 밝은 어느 밤이었다. 춘호가 보름 계추(계취[契聚]. 계원들끼리 모이는 모임)를 보러 산모퉁이로 나간 것이 이슥 하여도 돌아오지 않으므로 집에서 기다리던 아내가 이젠 자고 오려나 생각하고는 막 드러누워 잠이 들려니까 웬 난데없는 황소 같은 놈이 뛰 어들었다. 허둥지둥 춘호 처를 마구 깔다가 놀라서 으악 소리를 치는 바 람에 그냥 달아난 일이 있었다. 어수룩한 시골 일이라 별반 풍설도 아니 나고 쓱싹 되었으나 며칠이 지난 뒤에야 그것이 동리의 부자 이 주사의 소행임을 비로소 눈치채었다.

그런 까닭으로 해서 춘호 처는 쇠돌 엄마와 직접 관계는 없단대도 그 를 대하면 공연스레 얼굴이 뜨뜻하여지고 무슨 죄나 지은 듯이 어색하 였다.

그리고 더욱이 쇠돌 엄마가,

"새댁, 나는 속곳이 세 개구, 버선이 네 벌이구 행."

하며 아주 좋다고 한들대는 꼴을 보면 혹시 자기에게 함정을 두고서 비 양거리는(비아냥거리는) 거나 아닌가, 하는 옥생각(공연히 자기에게 해롭게만 받아들이는 그른 생각)으로 무안해서 고개를 못 들었다. 한편으로는 자기도 좀만 잘했더면 지금쯤은 쇠돌 엄마처럼 호강을 할 수 있었을 그런 갸륵 한 기회를 깝살려(흐지부지 다 없애) 버린 자기 행동에 대한 후회와 애탄으 로 말미암아 마음을 괴롭히는 그 쓰라림도 적지 않았다.

그러나 아무러한 욕을 보더라도 나날이 심해 가는 남편의 무지한 매보다는 그래도 좀 헐할 게다.

오늘은 한맘 먹고 쇠돌 엄마를 찾아가려는 것이었다.

춘호 처는 이번 걸음이 헛발이나 안 칠까 일념으로 심화를 하며 수양버들이 쭉 늘어박힌 논두렁길로 들어섰다. 그는 시골 아낙네로는 용모가 매우 반반하였다. 좀 야윈 듯한 몸매는 호리호리한 것이 소위 동리의 문자로 외입(아내가 아닌 여자와 성관계를 하는 일)깨나 하염직한 얼굴이었으되 추레한 의복이며 퀴퀴한 냄새는 거지를 볼 지른다. 그는 왼손 바른손으로 겨끔내기(서로 번갈아 하기)로 치맛귀를 여며 가며 속살이 삐질까 조심조심 걸었다.

감사나운(억세고 사나운) 구름송이가 하늘 신폭을 휘덮고는 차츰차츰 지면으로 처져 내리더니 그예 산봉우리에 엉기어 살풍경이 되고 만다. 먼데서 개 짖는 소리가 앞뒷산을 한적하게 울린다. 빗방울은 하나둘 떨어지기 시작하더니 차차 굵어지며 무더기로 퍼부어 내린다.

춘호 처는 길가에 늘어진 밤나무 밑으로 뛰어들어가 비를 거니며(피하며) 쇠돌 엄마 집을 멀리 바라보았다. 북쪽 산기슭 높직한 울타리로 뺑돌려 두르고 앉았는 오목하고 맵시 있는 집이 그 집이었다. 그런데 싸리문이 꼭 닫힌 걸 보면 아마 쇠돌 엄마가 농군 청에 저녁 제누리('곁두리'의 사투리. 농사꾼이나 일꾼들이 끼니 외에 참참이 먹는 음식)를 나르러 가서 아직 돌아오지 않은 모양이었다.

그는 쇠돌 엄마 오기를 지켜보며 우두커니 서서 기다리고 있었다.

소낙비

아내는 이 주사에게 돈을 받기로 하고 기뻐한다

나뭇잎에서 빗방울은 뚝뚝 떨어지며 그의 뺨을 흘러 젖가슴으로 스며든다. 바람은 지날 적마다 냉기와 함께 굵은 빗발을 몸에 들이친다.

비에 쪼르륵 젖은 치마가 몸에 찰싹 휘감기어 허리로, 궁둥이로, 다리로, 살의 윤곽이 그대로 비쳐 올랐다.

무던히 기다렸으나 쇠돌 엄마는 오지 않았다. 하도 진력이 나서 하품을 하여 가며 정신없이 서 있노라니 왼편 언덕에서 사람 오는 발자국 소리가 들린다. 그는 고개를 돌려 보았다. 그러나 날쌔게 나무 틈으로 몸을 숨겼다.

동이배(동이처럼 불룩하게 나온 배)를 가진 이 주사가 지우산(대오리로 만든 살에 기름 먹인 종이를 발라 만든 우산)을 받쳐 쓰고는 쇠돌네 집을 향하여 엉덩이를 껍죽거리며(신이 나서 몸이나 몸의 일부를 자꾸 방정맞게 함부로 움직이며) 내려가는 길이었다. 비록 키는 작달막하나 숱 좋은 수염이라든지, 온 동리를 털어야 단 하나뿐인 탕건(벼슬아치가 갓 아래 받쳐 쓰던 관[冠]의 하나)이든지, 썩 풍채 좋은 오십 전후의 양반이다. 그는 싸리문 앞으로 가더니 자기 집처럼 거침없이 문을 떠다밀고는 속으로 버젓이 들어가 버린다.

이것을 보니 춘호 처는 다시금 속이 편치 않았다. 자기는 개돼지같이 무시로 매만 맞고 돌아치는(싸돌아다니는) 천덕구니다. 안팎으로 귀염을 받으며 간들대는 쇠돌 엄마와 사람 된 치수가 두드러지게 다름을 그는 알 수가 있었다. 쇠돌 엄마의 호강을 너무나 부럽게 우러러보는 반동으로 자기도 잘만 했더라면 하는 턱없는 희망과 후회가 전보다 몇 갑절 쓰린 맛으로 그의 가슴을 찌푸뜨렸다(집어뜯었다). 쇠돌네 집을 하염없이 건너다보다가 어느덧 저도 모르게 긴 한숨이 굴러내린다.

언덕에서 쓸려 내리는 사탯물이 발등까지 개흙으로 덮으며 소리쳐 흐른다. 빗물에 푹 젖은 몸뚱어리는 점점 떨리기 시작한다.

그는 가볍게 몸서리를 쳤다. 그리고 당황한 시선으로 사방을 경계하여 보았다. 아무도 보이지는 않았다. 다시 시선을 돌리어 그 집을 쏘아보며 속으로 궁리하여 보았다. 안에는 확실히 이 주사뿐일 게다. 고대(이제 막)까지 걸렸던 싸리문이라든지 또는 울타리에 넌 빨래를 여태 안 걷어들인 것을 보면 어떤 맹세를 두고라도 분명히 이 주사 외의 다른 사람은 하나도 없을 것이다.

그는 마음놓고 비를 맞아 가며 그 집으로 달려들었다. 봉당으로 선뜻 뛰어오르며,

"쇠돌 엄마 기슈?"

하고 인기(인기척)를 내보았다.

물론 당자의 대답은 없었다. 그 대신 그 음성이 나자 안방에서 이 주사가 번개같이 머리를 내밀었다. 자기 딴은 꿈밖이란 듯 눈을 두리번두리번하더니 옷 위로 벌거진 춘호 처의 젖가슴, 아랫배, 넓적다리, 발등까지 슬쩍 음충히(음흉하고 불량하게) 훑어보고는 거나한 낯으로 빙그레한다. 그리고 자기도 봉당으로 주춤주춤 나오며,

"쇠돌 엄마 말인가? 왜 지금 막 나갔지. 곧 온댔으니 안방에 좀 들어가 기다렸으면……."

하고 매우 일이 딱한 듯이 어름어름한다.

"이 비에 어딜 갔에유?"

"지금 요 밖에 좀 나갔지, 그러나 곧 올걸……."

"있는 줄 알고 왔는디……."

춘호 처는 이렇게 혼자말로 낙심하며 섭섭한 낯으로 머뭇머뭇하다가 그냥 돌아갈 듯이 봉당 아래로 내려섰다. 이 주사를 쳐다보며 물 차는 제비같이 산드러지게(태도가 맵시 있고 말쑥하게),

"그럼 요담에 오겠어유. 안녕히 계시유."

하고 작별의 인사를 올린다.

"지금 곧 온댔는데, 좀 기다리지……."

"담에 또 오지유."

"아닐세, 좀 기다리게. 여보게, 여보게, 이봐!"

춘호 처가 간다는 바람에 이 주사는 체면도 모르고 기가 올랐다. 허둥거리며 재간껏 만류하였으나 암만해도 안 될 듯싶다. 춘호 처가 여기에 찾아온 것도 큰 기적이려니와 뇌성벽력에 구석진 곳이겠다, 이렇게 솔깃한 기회는 두 번 다시 못 볼 것이다. 그는 눈이 뒤집히어 입에 물었던 장죽을 쑥 뽑아 방 안으로 치뜨리고는 계집의 허리를 뒤로 다짜고짜 끌어안아서 봉당 위로 끌어올렸다.

계집은 몹시 놀라며,

"왜 이러서유, 이거 노세유."

하고 몸을 뿌리치려고 앙탈을 한다.

"아니 잠깐만."

이 주사는 그래도 놓지 않으며 헝겁스러운(매우 좋아서 정신을 차리지 못하고 허둥거리는 데가 있는) 눈짓으로 계집을 달랜다. 흘러내리는 고의춤(고의 나 바지의 허리를 접어서 여민 사이)을 왼손으로 연신 치우치며 바른팔로는 계 집을 잔뜩 움켜잡고 엄두를 못 내어 짤짤매다가 간신히 방 안으로 끙끙 몰아넣었다. 안으로 문고리는 재빠르게 채이었다.

밖에서는 모진 빗방울이 배춧잎에 부딪히는 소리, 바람에 나무 떠는 소리가 요란하다. 가끔 양철통을 내려 굴리는 듯 거푸진 천둥 소리가 방 고래(방의 구들장 밑으로 나 있는, 불길과 연기가 통하여 나가는 길)를 울리며 날은 점점 침침하였다.

얼마쯤 지난 뒤였다. 이만하면 길이 들었으려니, 안심하고 이 주사는 날숨을 후 ─ 하고 돌린다. 실없이 고마운 비 때문에 발악도 못 치고 앙 살(엄살을 부리며 버티고 겨루는 짓)도 못 피우고 무릎 앞에 고분고분 늘어져 있는 계집을 대견히 바라보며 빙긋이 얼러 보았다. 계집은 온몸에 진땀 이 쭉 흐르는 것이 꽤 더운 모양이다. 벽에 걸린 쇠돌 엄마의 적삼을 꺼 내어 계집의 몸을 말쑥하게 훌닦기 시작한다. 발끝서부터 얼굴까 지…….

"너, 열아홉이라지?"
하고 이 주사는 취한 얼굴로 얼근히 물어보았다.

"니에."
하고 메떨어진(모양이나 말, 행동 따위가 세련되지 못하여 어울리지 않고 촌스러운) 대답. 계집은 이 주사 손에 눌리어 일어나도 못 하고 죽은 듯이 가만히 누워 있다.

이 주사는 계집의 몸뚱이를 다 씻기고 나서 한숨을 내뽑으며 담배 한

대를 턱 피워 물었다.

"그래, 요새도 서방에게 주리경을 치느냐(모진 매를 맞느냐)?"

하고 묻다가 아무 대답도 없으매,

"원 그래서야 어떻게 산단 말이냐, 하루 이틀이 아니고, 사람의 일이란 알 수 있는 거냐? 그러다 혹시 맞아 죽으면 정장(呈狀 관청에 고소장을 냄) 하나 해 볼 곳 없는 거야. 허니, 네 명이 아까우면 덮어놓고 민적을 가르는 게 낫겠지."

하고 계집의 신변을 위하여 염려를 마지않다가 번뜻 한 가지 궁금한 것이 있었다.

"너 참, 아이 낳았다 죽었다더구나?"

"니에."

"어디 난 듯이나 싶으냐?"

계집은 얼굴이 홍당무가 되어지며 아무 말 못 하고 고개를 외면하였다. 이 주사도 그까짓 것 더 묻지 않았다. 그런데 웬 녀석의 냄새인지 무생채 썩는 듯한 시크무레한 악취가 불시로 코청을 찌르니 눈살을 찌푸리지 않을 수 없다. 처음에야 그런 줄은 소통 몰랐더니 알고 보니까 비위가 족히 역하였다. 그는 빨고 있던 담배통으로 계집의 배꼽께를 똑똑히 가리키며,

"얘, 이 살의 때꼽 좀 봐라. 그래 물이 흔한데 이것 좀 못 씻는단 말이냐?"

하고 모처럼의 기분이 상한 것이 앵하단(분하고 아깝단) 듯이 꺼림한 기색으로 혀를 찼다. 하지만 계집이 참다 참다 이내 무안에 못 이기어 일어

나 치마를 입으려 하니 그는 역정을 벌컥 내었다. 옷을 빼앗아 구석으로 동댕이를 치고는 다시 그 자리에 끌어 앉혔다. 그리고 자기 딸이나 책하듯이 아주 대범하게 꾸짖었다.

"왜 그리 계집이 달망대니(손이나 발을 가볍게 자꾸 움직이니)? 좀 듬직지가 못하구……."

춘호 처가 그 집을 나선 것은 들어간 지 약 한 시간 만이었다. 비가 여전히 쭉쭉 내린다. 그는 진땀을 있는 대로 흠뻑 쏟고 나왔다. 그러나 의외로 아니 천행으로 오늘 일은 성공이었다. 그는 몸을 솟치며 생긋하였다. 그런 모욕과 수치는 난생처음 당하는 봉변으로, 지랄 중에도 몹쓸 지랄이었으나 성공은 성공이었다. 복을 받으려면 반드시 고생이 따르는 법이니 이까짓 거야 골백번 당한대도 남편에게 매나 안 맞고 의좋게 살 수만 있다면 그는 사양치 않을 것이다. 이 주사를 하늘같이, 은인같이 여겼다. 남편에게 부쳐 먹을 농토를 줄 테니 자기의 첩이 되라는 그 말도 죄송하였으나 더욱이 돈 이 원을 줄 게니 내일 이맘때 쇠돌네 집으로 넌지시 만나자는 그 말은 무엇보다도 고마웠고 벅찬 짐이나 푼 듯 마음이 홀가분하였다. 다만 애 켜이는 것은 자기의 행실이 만약 남편에게 발각되는 나절에는 대매에 맞아 죽을 것이다. 그는 일변 기뻐하며 일변 애를 태우며 자기 집을 향하여 세차게 쏟아지는 빗속을 가분가분 내리달렸다.

춘호는 돈을 구했다는 말에 기뻐하고 서울 생활을 꿈꾼다

춘호는 아직도 분이 못 풀리어 뿌루퉁하니 홀로 앉았다. 그는 자기의 고향인 인제를 등진 지 벌써 삼 년이 되었다. 해를 이어 흉작에 농작물은 말 못 되고 따라 빚쟁이들의 위협과 악다구니는 날로 심하였다. 마침내 하릴없이 집, 세간살이를 그대로 내버리고 알몸으로 밤도주하였던 것이다. 살기 좋은 곳을 찾는다고 나어린 아내의 손목을 이끌고 이 산 저 산을 넘어 표랑하였다. 그러나 우정 찾아든 곳이 고작 이 마을이나 산속은 역시 일반이다. 어느 산골엘 가 호미를 잡아 보아도 정은 조그만치도 안 붙었고, 거기에는 오직 쌀쌀한 불안과 굶주림이 품을 벌려 그를 맞을 뿐이었다. 터무니없다 하여 농토를 안 준다. 일 구멍이 없으매 품을 못 판다. 밥이 없다. 결국에 그는 피폐하여 가는 농민 사이를 감도는 엉뚱한 투기심에 몸이 달떴다. 요사이 며칠 동안을 두고 요 너머 뒷산 속에서 밤마다 큰 노름판이 벌어지는 기미를 알았다. 그는 자기도 한몫 보려고 끼룩거렸으나(탐이 나서 자꾸 넘겨다보았으나) 좀체로 밑천을 만들 수가 없었다.

이 원! 수나 좋아서 이 이 원이 조화만 잘한다면 금시 발복이 못 된다고 누가 단언할 수 있으랴! 삼사십 원 따서 동리의 빚이나 대충 가리고 옷 한 벌 지어 입고는 진저리나는 이 산골을 떠나려는 것이 그의 배포였다. 서울로 올라가 아내는 안잠(여자가 남의 집에서 먹고 자며 그 집의 일을 도와주는 일)을 재우고 자기는 노동을 하고, 둘이서 다부지게 벌면 안락한 생활을 할 수가 있을 텐데, 이런 산구석에서 굶어 죽을 맛이야 없었다. 그래서 젊은 아내에게 돈 좀 해 오라니까 요리 매낀(매낀) 조리 매낀 매만 피하고 곁들어 주지 않으니 그 소행이 여간 괘씸한 것이 아니다.

아내가 물에 빠진 생쥐 꼴을 하고 집으로 달려들자 미처 입도 벌리기

전에 남편은 이를 악물고 주먹뺨을 냅다 붙인다.

"너 이년, 매만 살살 피하고 어디 가 자빠졌다 왔니?"

볼치 한 대를 얻어맞고 아내는 오기가 질리어 벙벙하였다. 그래도 직성이 못 풀리어 남편이 다시 매를 손에 잡으려 하니 아내는 질겁을 하여 살려 달라고 두 손으로 빌며 개신개신(기운이 없어 나릿나릿 자꾸 힘없이 행동하는 모양) 입을 열었다.

"낼 되유…… 낼, 돈, 낼 되유."

하며 돈이 변통됨을 삼가 아뢰는 그의 음성은 절반이 울음이었다.

남편이 반신반의하여 눈을 찌긋하다가,

"낼?"

하고 목청을 돋웠다.

"네, 낼 낼 된다유."

"꼭 되여?"

"네, 낼 된다유."

남편은 시골 물정에 능통하니만치 난데없는 돈 이 원이 어디서 어떻게 되는 것까지는 추궁해 물으려 하지 않았다. 그는 적이 안심한 얼굴로 방문턱에 걸터앉으며 담뱃대에 불을 그었다. 그제야 아내도 비로소 마음을 놓고 감자를 삶으러 부엌으로 들어가려 하니 남편이 곁으로 걸어오며 측은한 듯이 말리었다.

"병 나, 방에 들어가 어여 옷이나 말리여. 감자는 내 삶을게."

먹물같이 짙은 밤이 내리었다. 비는 더욱 소리를 치며 앙상한 그들의 방벽을 앞뒤로 울린다. 천장에서 비는 새지 않으나 집 지은 지가 오래되어 고래(방고래. 방의 구들장 밑으로 나 있는, 불길과 연기가 통하여 나가는 길)가 물러앉다시피 된 방이라 도배를 못 한 방바닥에는 물이 스며들어 귀축축하다(구질구질하고 축축하다). 거기다 거적 두 닢만 덩그렇게 깔아 놓은 것이 그들의 침소였다. 석윳불은 없어 캄캄한 바로 지옥이다. 벼룩은 사방에서 마냥 스멀거린다.

그러나 등걸잠에 익달한(여러 번 겪어 매우 익숙한) 그들은 천연스럽게 나란히 누워 줄기차게 퍼붓는 밤비 소리를 귀담아듣고 있었다. 가난으로 인하여 부부간의 애틋한 정을 모르고 나날이 매질로 불평과 원한 중에서 복대기던 그들도 이 밤에는 불시로 화목하였다. 단지 남의 품에 든 돈 이 원을 꿈꾸어 보고도……

"서울 언제 갈라유."

남편의 왼팔을 베고 누웠던 아내가 남편을 향하여 응석 비슷이 물어보았다. 그는 남편에게 서울의 화려한 거리며 후한 인심에 대하여 여러 번 들은 바 있어 일상 안타까운 마음으로 몽상은 하여 보았으나 실지 구경은 못 하였다. 얼른 이 고생을 벗어나 살기 좋은 서울로 가고 싶은 생각이 간절하였다.

"곧 가게 되겠지, 빚만 좀 없어도 가뜬하련만."

"빚은 낭중 갚더라도 얼핀 갑세다유."

"염려 없어. 이달 안으로 꼭 가게 될 거니까."

남편은 썩 쾌히 승낙하였다. 딴은 그는 동리에서 일컬어 주는 질군(한 번 시작하면 끝장을 볼 때까지 끈덕지게 달라붙는 사람)으로 투전장의 가보(노름에서 아홉 끗을 이르는 말)쯤은 시루에서 콩나물 뽑듯 하는 능수였다. 내일 밤이 원을 가지고 벼락같이 노름판에 달려가서 있는 돈이란 깡그리 모집어(모조리 집어) 올 생각을 하니 그는 은근히 기뻤다. 그리고 교묘한 자기의 손재간을 홀로 뽐내었다.

"이번이 서울 처음이지?"

하며 그는 서울 바람 좀 한번 쐬었다고 큰 체를 하며 팔로 아내의 머리를 흔들어 물어보았다. 성미가 워낙 겁겁한지라 지금부터 서울 갈 준비를 착착 하고 싶었다. 그가 제일 걱정되는 것은 둠(두메) 구석에서 봬(노. 언제나 변함없이 한 모양으로 줄곧) 자라 먹은 아내를 데리고 가면 서울 사람에게 놀림도 받을 게고 거리끼는 일이 많을 듯싶었다. 그래서 서울 가면 꼭 지켜야 할 필수 조건을 아내에게 일일이 설명치 않을 수도 없었다.

첫째, 사투리에 대한 주의부터 시작되었다. 농민이 서울 사람에게, '꼬라리(고라리. 어리석고 고집 센 시골 사람을 놀림조로 이르는 말)'라는 별명으로 감잡히는(남과 다툴 때 약점을 잡히는) 그 이유는 무엇보다도 사투리에 있을지니 사투리는 쓰지 말며, '합세'를 '하십니까'로, '하게유'를 '하오'로 고치되 말끝을 들지 말지라. 또 거리에서 어릿어릿하는 것은 내가 시골뜨기요 하는 얼뜬 짓이니 간 길은 재게 가고 볼 눈을 또릿또릿이 볼지라 ─ 하는 것들이었다. 아내는 그 끔찍한 설교를 귀담아들으며 모기 소리로 '네, 네'를 하였다. 남편은 뒤 시간 가량을 샐 틈 없이 꼼꼼하게 주의를 다져 놓고는 서울의 풍습이며 생활 방침 등을 자기의 의견대로 그럴싸하게 이야기하여 오다가 말끝이 어느덧 화장술에까지 이르게 되었다. 시골 여자가 서울에 가서 안잠을 잘 자 주면 몇 해 후에는 집까지 얻어 갖는 수가 있는데, 거기에는 얼굴이 예뻐야 한다는 소문을 일찍 들은 바 있어 하는 소리였다.

"그래서 날마다 기름도 바르고, 분도 바르고, 버선도 신고 해서 줜 마음에 썩 들어야……."

한참 신바람이 올라 주워섬기다가 옆에서 쌔근쌔근 소리가 들리므로 고개를 돌려 보니 아내는 이미 곯아져 잠이 깊었다.

"이런 망할 거, 남 말하는데 자빠져 잔담."

남편은 혼자 중얼거리며 바른팔을 들어 이마 위로 흐트러진 아내의 머리칼을 뒤로 쓰다듬어 넘긴다. 세상에 귀한 것은 자기의 아내! 이 아내가 만약 없었던들 자기는 홀로 어떻게 살 수 있었으려는가! 명색이 남편이며 이날까지 옷 한 벌 변변히 못 해 입히고 고생만 짓시킨(몹시 심하게 시킨) 그 죄가 너무나 큰 듯 가슴이 뻐근하였다. 그는 왁살스러운 팔로다 아내의 허리를 꼭 껴안아 가지고 앞으로 바특이(조금 가까이) 끌어당겼다.

춘호는 아내를 곱게 단장시켜 이 주사에게 보낸다

밤새도록 줄기차게 내리던 빗소리가 아침에 이르러서야 겨우 그치고 점심때에는 생기로운 볕까지 들었다. 쿨렁쿨렁 논물 나는 소리는 요란히 들린다. 시내에서 고기 잡는 아이들의 고함이며, 농부들의 희희낙락한 메나리(경상도, 전라도, 충청도 지방에 전해 오는 농부가의 하나)도 기운차게 들린다. 비는 춘호의 근심도 씻어 간 듯 오늘은 그에게도 즐거운 빛이 보였다.

"저녁 제누리 때 되었을걸, 얼른 빗고 가 봐—."

그는 갈증이 나서 아내를 대고 재촉하였다.

"아직 멀었어유."

"먼 게 뭐냐, 늦었어."

"뭘!"

아내는 남편의 말대로 벌써부터 머리를 빗고 앉았으나 원체 달포(한 달이 조금 넘는 기간)나 아니 가리어 엉큰 머리가 시간이 꽤 걸렸다. 그는 호랑이 같은 남편과 오래간만에 정다운 정을 바꾸어 보니 근래에 볼 수 없는 희색이 얼굴에 떠돌았다. 어느 때에는 맥적게(열없고 쑥스럽게) 생글생글 웃어도 보았다.

아내가 꼼지락거리는 것이 보기에 퍽으나 갑갑하였다. 남편은 아내 손에서 얼레빗을 쑥 뽑아 들고는 시원스레 쭉쭉 내려 빗긴다. 다 빗긴 뒤, 옆에 놓은 밥사발의 물을 손바닥에 연신 칠해 가며 머리에다 번지르하게 발라 놓았다. 그래 놓고 위서부터 머리칼을 재워 가며 맵시 있게 쪽을 딱 찔러 주더니 오늘 아침에 한사코 공을 들여 삼아 놓았던 짚신을 아내의 발에 신기고 주먹으로 자근자근 골을 내주었다.

"인제 가 봐!"

하다가,

"바루 곧 와, 응?"

하고 남편은 그 이 원을 고이 받고자 손색없도록, 실패 없도록 아내를 모양내어 보냈다.

이야기 따라잡기

　농사는 잘 안 되고 빚까지 진 춘호는 살던 동네에서 야반도주하여 떠돌아다니다가 산골 마을에 이르지만, 여전히 살아갈 방도가 없다. 아내가 산속을 헤매며 도라지나 더덕을 캐다가 그날그날 연명할 뿐이다.

　춘호는 노름으로 거금을 벌 욕심에 밑천으로 쓸 이 원을 마련해 오라고 아내를 때린다. 남편의 매질에 견디다 못한 아내는 보리라도 꾸어다가 팔아 볼 생각으로 동네 부자 이 주사의 첩인 쇠돌 엄마를 찾아간다. 예전에 이 주사가 자신을 겁탈하려 하는 걸 뿌리치고 달아난 적이 있는데, 자신처럼 가난하던 쇠돌 엄마가 그의 첩이 되어 호강하며 잘 사는 모습을 보니 그때 일이 후회되기도 한다.

　마침 쇠돌 엄마는 집에 없고, 소나기를 맞으며 쇠돌 엄마를 기다리던 아내는 빈집에 이 주사가 들어가는 것을 보고는 큰 결심을 하고 그 집에 들어가 이 주사와 관계를 맺는다. 이 주사가 하자는 대로 하면 돈이 생길 것이고, 돈이 있으면 남편에게 맞지 않아도 된다는 것이 기쁘기만 하다.

　춘호는 집에 돌아온 아내에게 다시 손찌검을 하지만 돈을 구하게 되었다는 말에 태도가 바뀐다. 어떻게 구하게 되었는지는 묻지도 않고, 노름으로 돈을 따서 서울 생활을 할 꿈에 부푼다. 다음 날 아침 춘호는 아내의 머리를 곱게 빗어 주며 이 주사에게 돈을 받아 오라고 보낸다.

쉽게 읽고 이해하기

도덕의식의 결여

「소낙비」(『조선일보』, 1935.1~2)는 농토를 빼앗긴 유랑 농민 부부가 극한 적인 경제적 궁핍을 탈피하기 위해 매춘을 벌이는 비극적 이야기이다. 주인공 춘호는 해를 이은 흉작으로 고향을 등진 채 어린 아내와 도주했 다. 산골을 떠나 서울로 가면 안락한 생활을 할 수 있을 거라고 생각한 그는 서울로 갈 여비조차 없는 절박한 현실에서 탈출하기 위해 노름을 하려 하고 노름 밑천을 장만하기 위해 아내의 매춘을 조장한다.

이 작품 속에서 춘호는 정상적인 도덕의식을 소유하고 있지 않다. 노 름할 돈 이 원을 빌려오라고 성화하는 춘호의 모습에는 아내의 매춘을 독려하는 마음이 명백하게 나타난다. "아내는 나이 젊고 얼굴 똑똑하겠 다. 돈 이 원쯤이야 어떻게라도 될 수 있겠기에 묻는 것인데 들은 체도 안 하니 썩 괘씸한 듯싶었다." 또한 아내가 돈 이 원이 내일 마련된다고 하자 춘호는 "시골 물정에 능통하니만치 난데없는 돈 이 원이 어디서 어 떻게 되는 것까지는 추궁해 물으려 하지 않았다." 이렇게 춘호가 돈 이

원의 출처를 캐묻지 않는다는 사실은 이미 자기의 아내가 쇠돌 엄마처럼 매춘을 했음을 감지했기 때문이다. 그럼에도 불구하고 그는 전혀 슬퍼하거나 분노하지 않고, 오히려 살기 좋은 서울로 갈 궁리에 들뜬다.

이렇게 춘호는 아내의 매춘에 대해 전혀 심리적 갈등을 느끼지 않는다. 춘호의 아내도 마찬가지다. "그런 모욕과 수치는 난생처음 당하는 봉변으로, 지랄 중에도 몹쓸 지랄이었으나 성공은 성공이었다. 복을 받으려면 반드시 고생이 따르는 법이니 이까짓 거야 골백번 당한대도 남편에게 매나 안 맞고 의좋게 살 수만 있다면 그는 사양치 않을 것이다."에서 볼 수 있듯이 아내는 매춘을 남편의 구타를 피하기 위한 하나의 방법쯤으로 생각한다. 또한 쇠돌 엄마가 이 주사에게 몸을 줌으로써 호강하고 있는 사실에 대해 "너무나 부럽게 우러러보는 반동으로 자기도 잘만 했더라면 하는 턱없는 희망과 후회가 전보다 몇 갑절 쓰린 맛으로 그의 가슴을 찌푸뜨렸다."에서 나타나고 있듯이, 춘호 처는 쇠돌 엄마를 마음속으로 부러워하다 자기도 몸을 팔 궁리를 하게 되고 결국 성공을 거둔다.

춘호나 그의 아내나 시종일관 뚜렷한 도덕의식을 가지지 못한 인물로 형상화되고 있다. 이들에게 매춘은 생계의 수단 정도로 이해되며 하등의 도덕적 수치감을 주지 않는다. 그만큼 이들에게 돈을 벌기 위한 매춘은 도덕보다 우위를 차지한다. 가진 것이라고는 오직 몸뚱이뿐인 이들에게 그것을 이용해서 굶주림과 가난으로부터 벗어나는 것은 지극히 당연한 것으로 생각된다. 작가는 이 작품에서 아내의 매춘을 조장하는 남편의 행위를 보여 줌으로써, 극한적인 궁핍 앞에서 윤리와 도덕이 문제시 되지 않는 비극적 현실을 비판하고 있다. 당대의 극한적인 가난의 현실은 김유정으로 하여금 도덕 같은 것은 문제가 되지 않는 '도덕의식 이전의 인간상'을 낳게 하였다.

부부간의 애정과 비극의 희극적 희화

김유정의 작품 속 부부들은 나름대로 부부로서의 애정을 가지고 있는 것이 특징이다. 춘호의 아내는 춘호에게 매를 맞지만 남편과 함께 서울로 가 안락하게 생활할 것을 꿈꾸고 있으며, 춘호 역시 돈을 위해 아내를 매춘하게끔 조장하지만 아내에 대한 나름대로의 애정을 가지고 있는 인물이다. 궁핍한 현실로 인해 아내를 매질하는 포악한 면모를 보이기도 하지만 동시에 무지하고 순박하고 우둔한 모습을 보여 주기도 한다.

특히 이 작품 결미의 "남편은 그 이 원을 고이 받고자 손색없도록, 실패 없도록 아내를 모양내어 보냈다."라는 묘사에서 볼 수 있듯이 춘호는 아내의 매춘을 조장한다. 그러나 짚신의 골을 내 주며 "인제 가 봐!" 하다가 "바루 곧 와, 응?" 하는 춘호의 말은 독자로 하여금 춘호의 비도덕성에 분노하거나 비웃는 대신, 춘호의 우직하면서도 아내에 대한 순박한 애정에 웃음을 띠게 만든다. 즉 애정이나 도덕 이전에 삶의 마지막 수단으로써, 생존을 위해 매춘을 앞세우는 비극적 현실 앞에서, 김유정은 독자로 하여금 이를 비극적으로 느끼게 하지 않도록 희극적으로 희화시키고 있는 것이다. 이 점에서 김유정은 탁월한 개성과 해학을 가진 작가이면서 동시에 강한 현실 비판 의식을 가진 작가라고 볼 수 있다.

『떡』(『중앙』 1935.6)은 가난이 절정에 달해

가족의 유대마저 해체되어 가는

우리 농촌의 실상을

숨어 있는 화자 '나'의 시선을 통하여

해학과 풍자와 반어로써 보여 주고 있다.

떡

일상 곯아만 온 그 배때기. 한 그릇 죽이면 넉넉히 양도 찼으련만
얘는 그걸 모른다. 다만 배는 늘 고프려니 하는 막연한 의식밖에는.
이번 일이 벌어진 것은 즉 여기서 시작되었다.

등장인물

나　　　이 이야기의 서술자. 덕희 가족의 일상은 물론이고 덕희의 심리까지 자기
　　　　　　일처럼 상세하게 전달한다.

덕희　　마을에서 가장 가난하고 게으른 사내. 하나뿐인 딸인 옥이를 구박한다.

아내　　가난한 살림살이에 냉병까지 앓는 덕희의 아내.

옥이　　일곱 살 먹은 덕희의 딸. 항상 배고픔에 시달려 먹는 것밖에는 생각할 줄
　　　　　　모른다.

개똥 어머니　덕희네가 얹혀 사는 집 주인. 옥이가 자기 집 물건을 훔쳐 낸다고 의심
　　　　　　하고 있다.

작은아씨　개똥 어머니의 주인댁 아가씨. 선의와 호기심으로 옥이에게 먹을 것을 잔
　　　　　　뜩 준다.

떡

덕희는 동리에서 가장 가난하고 게으른 사내다

원래는 사람이 떡을 먹는다. 이것은 떡이 사람을 먹은 이야기다. 다시 말하면 사람이 즉 떡에게 먹힌 이야기렸다. 좀 황당한 소리인 듯싶으나 그 사람이라는 게 역시 황당한 존재라 하릴없다. 인제 겨우 일곱 살 난 계집애로 게다가 겨울이 왔건만 솜옷 하나 못 얻어 입고 겹저고리 두렁이(어린아이의 배와 아랫도리를 둘러서 가리는 치마같이 만든 옷)로 떨고 있는 옥이 말이다. 이것도 한 개의 완전한 사람으로 칠는지! 혹은 말는지! 그건 내가 알 배 아니다. 하여튼 그 애 아버지가 동리에서 제일 가난한 그리고 게으르기가 곰 같다는 바로 덕희다. 놈이 우습게도 꾸물거리고 엄동과 주림이 닥쳐와도 눈 하나 끔벅 없는 신청부(근심 걱정이 너무 많아서 사소한 일을 돌아볼 여유가 없는 사람)라 우리는 가끔 그 눈곱 낀 얼굴을 놀릴 수 있을 만치 흥미를 느낀다.

여보게, 이 겨울엔 어떻게 지내려나, 올엔 자네 꼭 굶어 죽었네, 하면 친구 대답이 이거 왜 이랴, 내가 누구라구, 지금은 밭뙈기 하나 부칠 거 없어도 이래 봬두 한때는 다 — 하고 펄쩍 뛰고는 지난날 소작인으로서 땅 팔 수 있었던 그 행복을 다시 맛보려는 듯 먼 산을 우두커니 쳐다본다. 그러나 업신 받는 데 약이 올라서 자네들은 뭐 좀 난상부른가(나은 성 싶은가) 하고 낯을 붉히다가는 풀밭에 슬며시 쓰러져서 늘어지게 아리랑 타령. 그러니까 내 생각에 저것도 사람이려니 할 수밖에. 사실 집에서 지내는 걸 본다면 당최 무슨 재미로 사는지 영문을 모른다. 그 집도 제 것이 아니요 개똥네 집이다. 원체 식구라야 몇 사람 안 되고 또 거기다 산 밑에 외따로 떨어진 집이라 건넌방에 사람을 들이면 좀 덜 호젓할까 하고 빌린 것이다. 물론 그때 덕희도 방을 얻지 못해서 비대발괄(하소연하며 간절히 청함)로 뻔찔 드나들던 판이었지만. 보수는 별반 없고 농사 때 바쁜 일이나 있으면 좀 거들어 달라는 요구뿐이었다. 그래서 덕희도 얼씨구나 하고 무척 좋았다. 허나 사람은 방만으로 사는 것이 아니다. 이집 건넌방은 유달리 납작하고 비스듬히 쏠린 헌 벽에다 우중충하기가 일상 굴속 같은데 겨울 같은 때 좀 들여다보면 썩 가관이다. 윗목에는 옥이가 누더기를 들쓰고 앉아서 배가 고프다고 킹킹거리고 아랫목에는 화가 치뻗친 아내가 나는 모른단 듯이 벽을 향하여 쪼그리고 누워서는 꼼짝 안 하고 놈은 아내와 딸 사이에 한 자리를 잡고서 천장으로만 눈을 멀뚱멀뚱 둥글리고 들여다보는 얼굴이 다 무색할 만치 꼴들이 말 아니다. 아마 먹는 날보다 이렇게 지내는 날이 하루쯤 더할는지도 모른다. 그 꼴에 궐자('그'[삼인칭 대명사]를 낮잡아 이르는 말)가 술이 호주(好酒, 술을 좋아함)라서 툭하면 한잔 안 사려나, 가 인사다. 지난봄만 하더라도 놈이 술에 어찌나 감질이 났던지 제 집에 모아 놓았던 됭(똥)을 지고 가서 술을 먹었다. 됭 퍼다 주고 술 먹긴 동리에서 처음 보는 일이라고 계집들까지 입에 올리며 소문은 이리저리 돌았다. 하지만 놈은 이런 것도 모르고 술만 들어가면 세상이 고만 제 게 되고 만다. 음 음 하고 코에선지 입에선지 묘한 소리를 내어 가며 만나는 사람마다 붙잡고 잔소리다. 한편 술은 놈에게 근심도 되는 것 같다. 전에 생각지 않던 집안 걱정을 취하면 곧잘 한다. 그 언제인가 만났을 때에도 술이 담뿍 취하였다. 음 음 해 가며 제 집 살림살이 이야기를 개소리 쥐소리 한참 지껄이더니 놈이 나중에 한단 소리가 그놈의 계집애나 죽어 버렸으면! 요건 먹어도 캥캥거리고 안 먹어도 캥캥거리고 이거 원─ 사세(事勢, 일이 되어 가는 형세)가 딱한 듯이 이렇게 탄식을 하더니 뒤를 이어 설명이 없는 데는 어린 딸년 하나 더한 것도 큰 걱정이라고. 이걸 듣다가 기가 막혀서 자네 데릴사위 얻어서 부려먹을 생각은 않나 하고 물은즉, 아 어느 하가(겨를)에, 그동안 먹여 키우진 않나 하고 골머리를 내젓는 꼴이 당길 맛이 아주 없는 모양이었다. 짜장(과연 정말로) 이토록 딸이 원수로운지 아닌지 그건 여기서 끊어 말하기 어렵다. 아마는 애비치고 제가 난 자식 밉달 놈은 없으리라마는 그와 동시에 놈이 가끔 들어와서 죽으라고 모질게 쥐어박아서는 울려 놓는 것도 사실이다. 그러다 울음이 정말 된통 터지면 이번에는 칼을 들고 울어 봐라 이년, 죽일 터이니 하고 씻은 듯이 울음을 걷어 놓고 하는 것이다.

옥이는 항상 먹을 것에 집착한다

눈이 푹푹 쌓이고 그 덕에 나무 값은 부쩍 올랐다. 동리에서는 너나없이 앞을 다투어 나뭇짐을 지고 읍으로 들어간다. 눈이 정강이에 차는 산길을 휘돌아 이십 리 장로(長路)를 걷는 것이다. 이 바람에 덕희도 수가 터지어 좁쌀이나마 양식이 생겼고 따라 딸과의 아귀다툼도 훨씬 줄게 되었다. 그는 자다가도 꿈결에 새벽이 되는 것을 용하게 안다. 밝기가 무섭게 일어나 앉아서는 옆에 누운 아내의 치맛자락을 끌어당긴다. 소위 덕희의 마른세수가 시작된다. 두 손으로 그걸 펼쳐서는 꾸물꾸물 눈곱을 떼고 그리고 나서 얼굴을 쓱쓱 문대는 것이다. 그다음 죽이 들어온다. 얼른 한 그릇 훌쩍 마시고는 지게를 지고 내뺀다. 물론 아내는 남편이 죽 마실 동안에 밖에 나와서 나뭇짐을 만들어야 된다. 지게를 보태(버텨) 놓고 덜덜 떨어 가며 검불을 올려 싣는다. 짐까지 꼭꼭 묶어 주고 가는 남편 향하여 괜히 술 먹지 말구 양식 사 오게유, 하고 몇 번 몇 번 당부를 하고는 방으로 들어온다. 옥이가 늘 일어나는 것은 바로 이때다. 눈을 비비며 어머니 앞으로 곧장 달려든다. 기실 여지껏 잤느냐면 깨기는 벌써 전에 깨었다. 아버지의 숟가락질하는 댈가락 소리도 짠지(무를 통째로 소금에 짜게 절여서 묵혀 두고 먹는 김치) 씹는 쩍쩍 소리도 죄다 두 귀로 분명히 들었다. 그뿐 아니라 아버지의 죽 그릇이 감은 눈 속에서 왔다 갔다 하는 것까지도 똑똑히 보았다. 배고픈 생각이 불현듯 불끈 솟아서 곧바로 일어나고자 궁둥이까지 들먹거려도 보았다. 그럴 동안에 군침은 솔솔 스며들며 입으로 하나가 된다. 마는 일어만 났다가는 아버지의 주먹 주먹. 이년아 넌 뭘 한다구 벌써 일어나 캥캥거려 하고는 그 주먹 커다란 주먹. 군침을 가만히 도로 넘기고 꼬물거리던 몸을 다시 방바닥에 꼭 붙인 채 색색 생코(공연히 크게 고는 코)를 아니 골 수 없다. 어머니는 아버지와 딴판으로 퍽 귀여워한다. 아버지가 나무를 지고 확실히 간 것을 알고서야 비로소 옥이는 일어나 어머니 곁으로 달려들어서 그 죽을 둘이 퍼먹고 하였다.

　이러던 것이 그날은 유별나게 어느 때보다 일찍 일어났다. 덕희의 말을 빌리면 고 배라먹을 년이 그예 일을 저지르려고 새벽부터 일어나 재랄(법석을 떨며 분별없이 하는 행동을 낮잡아 이르는 말)이었다. 하긴 재랄이 아니라 배가 몹시 고팠던 까닭이지만. 아버지의 숟가락질 소리를 들어 가며 침을 삼키고 삼키고 몇 번을 그래 봤으나 나중에는 더 참을 수가 없었다. 그렇다고 벌떡 일어앉자니 주먹이 무섭기도 하려니와 한편 넉적기도(뻔뻔스럽기도) 한 노릇. 눈을 감은 채 이 궁리 저 궁리 하였다. 다른 때도 좋으련만 왜 하필 아버지 죽 먹을 때 깨게 되는지! 곯은 배는 그중에다 방바닥 냉기에 쑤시는지 저리는지 분간을 모른다. 아버지는 한 그릇을 다 먹고 아마 더 먹는 모양. 죽을 옮겨 쏟는 소리가 주루룩 뚝뚝 하고 난다. 이때 고만 정신이 번쩍 났다. 용기를 내었다. 바른팔을 뒤로 돌려 가장(이제 막) 무엇에나 물린 듯이 대고 긁죽거린다(자꾸 함부로 긁는다). 급작스레 응아 하고 소리를 내지른다. 그리고 비슬비슬 일어나 앉아서는 두 손등으로 눈을 비벼 가며 우는 것이다. 아버지는 이 꼴에 화를 벌컥 내었다. 손바닥으로 뒤통수를 딱 때리더니 이건 죽지도 않고 말썽이야 하고 썩 마뜩지 않게 뚜덜거린다. 어머니를 향하여는 저년 아무것도 먹이지 말고 오늘 종일 굶기라고 부탁이다. 들었는지 못 들었는지 어머니는 눈을 깔고 잠자코 있다. 아마 아버지가 두려워서 아무 대꾸도 못하는 모양. 딱 때리고 우니까 다시 딱 때리고. 그럴 적마다 조꼬만 옥이는 마치 오뚝이 시늉으로 모로 쓰러졌다가는 다시 일어나 울고 울고 한다. 죽은 안 주고 때리기만 한다. 망할 새끼 저만 처먹으려고 얼른 죽어버려라 염병을 할 자식. 모진 욕이 이렇게 입 끝까지 제법 나왔으나 그러나 그러나 뚝 부릅뜬 그 눈. 감히 얼굴도 못 쳐다보고 이마를 두 손으로 받쳐 들고는 으악 으악 울 뿐이다. 암만 울어도 소용은 없지만. 나뭇짐이 읍으로 들어간 다음에서야 비로소 겨우 운 보람 있었다. 어머니는 힝하게(횡하니) 죽 한 그릇을 떠들고 들어온다. 옥이는 대뜸 달려들었다. 왼편 소맷자락으로 눈의 눈물을 훔쳐 가며 연송(연방) 퍼 넣는다. 깡좁쌀죽은 묽직한 국물이라 숟갈에 뜨이는 게 얼마 안 된다. 떠 넣으니 이것은 차라리 들고 마시는 것이 편하리라. 쉴새없이 숟가락은 열심껏 퍼 들인다. 어머니가 한 숟갈 뜰 동안이면 옥이는 두 숟갈 혹은 세 숟갈이 올라간다. 그래도 행여 밑질까 봐서 숟가락 빠는 어머니의 입을 가끔 쳐다보고 하였다. 반쯤 먹다 어머니는 슬며시 숟가락을 내려놓았다. 두 손을 다리 밑에 파 묻고는 딸을 내려다보며 묵묵히 앉아 있다. 한 그릇 죽은 다 치웠건만 그래도 배가 고팠다. 어머니의 허리를 꾹꾹 찔러 가며 졸라 댄다.

요만한 어린아이에게는 먹는 것 지껄이는 것 이것밖에 더 큰 취미는 없다. 그리고 이것밖에 더 가진반(골고루 갖춤) 재주도 없다. 옥이같이 혼자만 꽁허니 있을 뿐으로 동무들과 놀려 하지도 지껄이려 하지도 않는 아이에 있어서는 먹는 편이 월등 발달되었고 결말에는 그걸로 한 오락을 삼는 것이다. 게다 일상 곯아만 온 그 배때기. 한 그릇 죽이면 넉넉히 양도 찼으련만 애는 그걸 모른다. 다만 배는 늘 고프려니 하는 막연한 의식밖에는. 이번 일이 벌어진 것은 즉 여기서 시작되었다. 두 시간이나 넘어 꼬박이 울었다마는 어머니는 아무 대답도 없었다. 배가 아프다고 쓰러지더니 아이구 아이구 하고는 신음만 할 뿐이다. 냉병으로 하여 이따금 이렇게 앓는다. 옥이는 가망이 아주 없는 걸 알고 일어나서 방문을 열었다. 눈은 첩첩이 쌓이고 눈이 부신다. 윙윙 하고 봉당으로 몰리는 눈송이. 다르르 떨면서 마당으로 내려간다. 북편 벽 밑으로 솥은 걸렸다. 뚜껑이 열린다. 아닌 게 아니라 어머니 말대로 죽커녕 네미('너의 어머니'라는 뜻의 전라도 말)나 찢어 먹으라, 다. 그러나 얼뜬(얼른) 눈에 띄는 것이 솥바닥에 얼어붙은 두 개의 시래기(말린 무청) 줄기 그놈을 손톱으로 뜯어서 입에 넣고는 씹어 본다. 제걱제걱 얼음 씹히는 그 맛밖에는 아무 맛이 없다. 솥을 도로 덮고 허리를 펴려 할 제 얼른 묘한 생각이 떠오른다. 옥이는 사방을 도릿거려(도리반거려. 눈을 크게 뜨고 요기조기를 자꾸 휘둘러 살펴) 본 다음 봉당으로 올라서서 개똥네 방문 구녁(구멍)에다 눈을 들이 댄다.

개똥 어머니는 옥이가 도둑질을 한다고 의심한다

개똥 어머니가 옥이를 눈의 가시같이 미워하는 그 원인이 즉 여기다. 정말인지 거짓말인지 자세는 모르나 말인즉 고년이 우리 식구만 없으면 밤이구 낮이구 할 거 없이 어느 틈엔가 들어와서는 세간을 모조리 집어 간다우, 하고 여호(여우) 같은 년 골방쥐 같은 년 도적년 뭣해 욕을 늘어 놓을 제 나는 그가 옥이를 끝없이 미워하는 걸 얼른 알 수 있었다. 그러나 세간을 집어 냈느니 뭐니 하는 건 아마 멀쩡한 거짓말일 게고, 이날도 잿간(재를 모아두는 헛간. 여기서는 화장실을 의미한다. 옛날에는 불을 때고 남은 재를 화장실에 버렸다)에서 뒤를 보며 벽 틈으로 내다보자니까 고년이 날감자 둘을 한 손에 하나씩 두렁이 속에다 감추고는 방에서 살며시 나오는 걸 보았다는 이것만은 사실이다. 오작(오죽) 분하고 급해야 밑도 씻을 새 없이 그대로 뛰어나왔으랴. 소리를 질러서 혼을 내고는 싶었으나 제 에 미가 또 방에서 끙끙거리고 앓는 게 안됐어서 그냥 눈만 잔뜩 흘겨 주니까 고년이 대번 얼굴이 발개지더니 얼마 후에 감자 둘을 자기 발 앞에다 내던지고는 깜찍스럽게 뒷짐을 지고 바깥으로 나가더라 한다. 하지만 이것은 나의 이야기에 아무 상관이 없는 것이다. 오직 옥이가 개똥네 방 엘 왜 들어갔을까 그 까닭만 말하여 두면 고만이다. 이 집이 먼저 개똥 네 집이라 하였으나 그런 것이 아니라 실상은 요 개울 건너 도사 댁 소 유이고 개똥 어머니는 말하자면 그 댁의 대대로 내려오는 씨종이었다. 그래 그 댁 집에 들고 그 댁 땅을 부쳐 먹고 그 댁 세력에 살고 하는 덕으로 개똥 어머니는 가끔 상전 댁에 가서 빨래도 하고 다듬이도 하고 또는 큰일 때는 음식도 맡아 보기도 하고 해서 맛 좋은 음식을 뻔질 몰아들인 다. 나리 댁 생신이 오늘인 것을 알고 고년이 음식을 뒤져 먹으러 들어 왔다가 없으니까 감자라도 먹을 양으로 하고 지껄이던 개똥 어머니의 추측이 조금도 틀리지는 않았다. 마을에 먹을 거 났다 하면 이 옥이만치 잽싸게 먼저 알기는 좀 어려우리라. 그러나 옥이가 개똥 어머니만 따라 가면 밥이고 떡이고 좀 얻어 주려니 하고 앙큼한 생각으로 살랑살랑 따라왔다고는 하지만 그것은 옥이를 무시하는 소리에 지나지 않는다.

옥이는 잔칫집에 가서 떡을 얻어먹는다

옥이가 뒷짐을 딱 짚고 개똥 어머니의 뒤를 따를 제 아무 계획도 없었다. 방엘 들어가자니 어머니가 아프다고 짜증만 내고 싸리문 밖에서 섰자니 춥고 떨리긴 하고. 그렇다고 나들이를 좀 가 보자니 갈 곳이 없다. 그래 멀거니 떨고 섰다가 개똥 어머니가 개울길로 가는 걸 보고는 이게 저 갈 길이나 아닌가 하고 대선(바짝 가까이 서거나 뒤를 잇대어 선) 그뿐이었다. 이때 무슨 생각이 있었다면 그것은 이 새끼가 얼른 와야 죽을 쒀 먹을 텐데 하고 아버지에게 대한 미움과 간원(간절하게 원함)이 뒤섞인 초조였다. 그 증거로 옥이는 도삿댁 문간에서 개똥 어머니를 놓치고는 혼자 우두커니 떨어졌다. 인제는 또 갈 데가 없게 되었으니 이럴까 저럴까 다시 망설인다. 그러나 결심을 한 것은 이 순간의 일이다. 옥이는 과연 중문 안으로 대담히 들어섰다. 새로운 희망. 아니 혹은 맛있는 음식을 쭉쭉거리는 그 입들이나마 한번 구경하고자 한 걸지도 모른다. 시선을 이러저리로 둘러가며 주볏주볏 우선 부엌으로 향하였다. 그 태도는 마치 개똥 어머니에게 무슨 급히 전할 말이 있어 온 양이나 싶다. 부엌에는 어중이떠중이 동네 계집은 얼추 모인 셈이다. 고깃국에 밥 마는 사람에 찰떡을 찍는 사람! 이쪽에서 북어를 뜯으면 저기는 투정하는 자식을 주먹으로 때려 가며 누렁지(누룽지)를 혼자만 쩍쩍거린다. 부엌문으로 불쑥 데미는 옥이의 대가리를 보더니 조런 여우 년, 밥주머니 왔니, 냄새는 잘두 맡는다, 이렇게들 제각기 욕 한마디씩. 그러고는 까닭 없이 깔깔댄다. 옥이네는 이 댁의 종도 아니요 작인(소작인. 다른 사람의 농지를 빌려 농사를 짓고 그 대가로 사용료를 지급하는 사람)도 아니다. 물론 여기에 들어와 맛좋은 음식 벌어진 이 판에 한 다리 뻗을 자격이 없다. 마는 남이야 욕을 하건 말건 옥이는 한구석에 잠자코 시름없이 서 있다. 이놈을 바라보고 침 한 번 삼키고 저놈 걸 바라보고 침 한 번 삼키고. 마침 이때 작은아씨가 내려왔다. 옥이 왔니 하고 반기더니 왜 어멈들만 먹느냐고 계집들을 나무란다. 그리고 옆에 섰는 개똥 어멈에게 애가 얼마든지 먹는단 애유하고 옥이를 가리키매 그 대답은 다만 싱글싱글 웃을 뿐이다. 작은아씨도 따라 웃었다. 노랑 저고리 남치마 열서넛밖에 안 된 어여쁜 작은아씨. 손수 솥뚜껑을 열더니 큰 대접에 국을 뜨고 거기에다 하얀 이밥(입쌀밥. 입쌀[멥쌀]로 지은 밥)을 말아 수저까지 꽂아 준다. 옥이는 황급히 얼른 잡아채었다. 이밥 이밥. 그 분량은 어른이 한때 먹어도 양은 좋이 차리라. 이것을 옥이가 뱃속에 집어넣은 시간을 따져 본다면 고작 칠팔 분밖에는 더 허비치 않았다. 고기 우러난 국 맛은 입에 달았다. 잘 먹는다. 잘 먹는다 하고 옆에서들 추어 주는 칭찬은 또한 귀에 달았다. 양쪽으로 신바람이 올라서 곁도 안 돌아보고 막 퍼 넣은 것이다. 계집들은 깔깔거리고 소곤거리고 하였다. 그러다 눈을 크게 뜨고 서로를 맞쳐다볼 때에는 한 그릇을 다 먹고 배가 불러서 웅크리고 앉은 채 뒤로 털썩 주저앉는 옥이를 보았다. 얻다 태워 먹었는지 군데군데 뚫어진 검정 두렁치마.

그나마도 폭이 좁아서 볼기짝은 통째 나왔다. 머리칼은 가시덤불같이 흩어져 어깨를 덮고, 이 꼴로 배가 불러서 식식거리며 떠는 것이다. 그래도 속은 고픈지 대접 밑바닥을 닥닥 긁고 있으니 작은아씨는 생긋이 웃더니 그 손을 이끌고 마루로 올라간다. 날이 몹시 추워서 마루에는 아무도 없었다. 찬장 앞으로 가더니 손뼉만 한 시루팥떡이 나온다. 받아들고는 또 널름 집어 치웠다. 곧 뒤이어 다시 팥떡이 나왔다 그러나 이번에는 옥이는 손도 아니 내밀고 무언으로 거절하였다. 왜냐하면 이때 옥이의 배는 최대한도로 늘어났고 거반 바람 넣은 풋볼만치나 가죽이 탱탱하였다. 그것이 앞으로 늘다 못하여 마침내 옆구리로 퍼져서 잘 움직이지도 못하고 숨도 어깨를 치올려 식식하는 것이다. 아마 음식은 목구멍까지 꽉 찼으리라. 여기에 이상한 것이 하나 있다. 역시 떡이 나오는데 본즉 이것은 팥떡이 아니라 밤 대추가 여기저기 뼈져나온 백설기. 한번 덥석 물어 떼면 입안에서 그대로 스르르 녹을 듯싶다. 너 이것두 싫으냐 하니까 옥이는 좋다는 뜻으로 얼른 손을 내밀었다. 대체 이걸 어떻게 먹었을까. 그 공기만 한 떡 덩어리를. 물론 용감히 먹기 시작하였다. 처음에는 빨리 먹었다. 중간에는 천천히 먹었다. 그러다 이내 다 먹지 못하고 반쯤 남겨서는 작은아씨에게 도로 내주고 모로 고개를 돌렸다. 옥이가 그 배에다 백설기를 먹은 것도 기적이려니와 또한 먹다 내놓는 이것도 기적이라 안 할 수 없다. 하기는 가슴속에서 떡이 목구멍으로 바짝 치뻗히는 바람에 못 먹기도 한 거지만. 여기다가 더 넣을 수가 있다면 그것은 다만 입 안이 남았을 뿐이다. 그러면 그다음 꿀 바른 주악

(찹쌀가루에 대추를 섞어 꿀에 반죽하여 소를 넣고 송편과 같게 빚어서 기름에 지진 떡)

떡

두 개는 어떻게 먹었을까. 상식으로는 좀 판단키 어려운 일이다. 하여간 너 이것은 하고 주악이 나왔을 때 옥이는 조금도 서슴지 않고 받았다. 그리고 한 놈을 손끝으로 집어서 그 꿀을 쪽쪽 빨더니 입속에 집어넣었다. 그 꿀을 한참 오기오기 씹다가 꿀떡 삼켜본다. 가슴만 뜨끔할 뿐 즉시 떡은 도로 넘어온다. 다시 씹는다. 어깨와 머리를 앞으로 꾸부려 용을 쓰며 또 한 번 꿀떡 삼켜 본다. 이것은 도시 사람의 일로는 생각되지 않는다. 허나 주의할 것은 일상 곯아만 온 굶주린 창자의 착각이다. 배가 불렀는지 혹은 곯았는지 하는 건 이때의 문제가 아니다. 한갓 자꾸 먹어야 된다는 걸쌈스러운(걸쌍스러운. 탐스러운) 탐욕이 옥이 자신도 모르게 활동하였고 또는 옥이는 제가 먹고 싶은 걸 무엇무엇 알았을 그뿐이었다. 거기다 맛깔스러운 그 떡 맛. 생전 맛 못 보던 그 미각을 한번 즐겨보고자 기를 쓴 노력이다. 만약 이 떡의 순서가 주악이 먼저 나오고 백설기, 팥떡 이렇게 나왔다면 옥이는 주악만으로 만족했을지 모른다. 그리고 백설기, 팥떡은 단연 아니 먹었을 것이다. 너는 보도 못하고 어떻게 그리 남의 일을 잘 아느냐. 그러면 그 장면을 목도한 개똥 어머니에게 좀 설명하여 받기로 하자. 아 참 고년 되우(되게, 아주 몹시)는 먹읍디다. 그 밥 한 그릇을 다 먹구 그래 떡을 또 먹어유. 그게 배때기지유. 주악 먹을 제 나는 인제 죽나 부다 그랬슈. 물 한 모금 안 처먹고 꼬기꼬기 씹어서 꼴딱 삼키는데 아 눈을 요렇게 됩쓰고 꼴딱 삼킵디다. 온, 이게 사람이야. 나는 간이 콩알만 했지유. 꼭 죽는 줄 알고. 추워서 달달 떨고 섰는 꼴하고 참 깜찍해서 내가 다 소름이 쪼옥 끼칩디다. 이걸 가만히 듣다가 그럼 왜 말리진 못했느냐고 탄하니까 제가 일부러 먹이기도 할 텐데 그렇게는 못하나마 배고파 먹는 걸 무슨 혐의로 못 먹게 하겠느냐고 되려 성을 발끈 낸다. 그러나 요건 빨간 거짓말이다. 저도 다른 계집 마찬가지로 마루 끝에 서서 잘 먹는다 잘 먹는다 이렇게 여러 번 칭찬하고 깔깔대고 했었음에 틀림없을 게다.

떡을 과식한 옥이는 탈이 나고 만다

옥이의 이 봉변은 여지껏 동리의 한 이야깃거리가 되어 있다. 할 일이 없으면 계집들은 몰려앉아서 그때의 일을 찧고 까불고 서로 떠들어 댄다. 그리고 옥이가 마땅히 죽어야 할걸 그래도 살아난 것이 퍽이나 이상한 모양 같다. 딴은 사날(사나흘)이나 먹지를 못하고 몸이 끓어서 펄펄 뛰며 앓을 만치 옥이는 그렇게 혼이 났던 것이다. 하지만 처음부터 짜장(진짜로, 정말로) 가슴을 죄인 것은 그래두 옥이 어머니 하나뿐이었다. 아파서 드러누웠다 방으로 들어오는 옥이를 보고 고만 벌떡 일어났다. 왜 배가 이 모양이냐 물으니 대답은 없고 옥이는 가만히 방바닥에 가 눕더란다. 그 배를 건드리지 않도록 반듯이 눕는데 아구 배야 소리를 복고개(보꾹. 지붕과 천장 사이의 빈 공간)가 터지라고 내지르며 냉골에서 이리 때굴 저리 때굴 구르며 혼자 법석이다. 그러나 뺨 위로 먹은 것을 꼬약꼬약 도르고는(토해 내고는) 필경 까무러쳤으리라. 얼굴이 해쓱해지며 사지가 축 늘어져 버린다. 이 서슬에 어머니는 그의 표현대로 하늘이 무너지는 듯 눈앞이 캄캄하였다. 그는 딸을 붙들고 자기도 어이구머니 하고 울음을 놓고 이를 어째 이를 어째 몇 번 그래 소리를 치다가 아무도 돌봐 주러

오는 사람이 없으니까 허겁지겁 곤두박질을 하여 밖으로 뛰어나왔다. 그의 생각에 이 급증을 돌리려면 점쟁이를 불러 경을 읽는 수밖에 다른 도리가 없을 듯싶어서이다. 물론 대낮부터 북을 뚜드려 가며 경을 읽기 시작하였다. 점쟁이의 말을 들어 보면 과식했다고 죄다 이래서는 살 사람이 없지 않느냐고. 이것은 음식에서 난 병이 아니라 늘 따르던 동자 상문(童子喪門, 잡귀의 하나. 죽은 지 한 달이 지나지 않은 어린아이의 넋)이 어쩌다 접해서 일테면 귀신의 놀음이라는 해석이었다. 그렇다면 내가 생각건대 옥이가 도삿댁 문전에 나왔을 제 혹 귀신이 접했는지도 모른다. 왜냐 그러면 옥이는 문앞 언덕을 내리다 고만 눈 위로 낙상을 해서 곧 한참을 꼼짝 않고 고대로 누웠었다. 그만치 몸의 자유를 잃었다. 다시 일어나 눈을 몇 번 털고는 걸어 보았다. 다리는 천근인지 한 번 딛으면 다시 떼기가 쉽지 않다. 눈까풀은 뻑뻑거리고 게다 선하품은 자꾸 터지고. 어깨를 치올리어 여전히 식, 식, 거리며 눈 속을 이렇게 조심조심 걸어간다. 삐끗만 하였다가는 배가 터진다. 아니 정말은 배가 터지는 그 염려보다 우선 배가 아파서 삐끗도 못할 형편. 과연 옥이의 배는 동네 계집들 말마따나 헐없이(영락없이) 애 밴 사람의, 그것도 만삭된 이의 괴로운 배 그것이었다. 개울길을 내려오자 우물이 눈에 띄자 얘는 갑작스레 조갈을 느꼈다. 엎드려 바가지로 한 모금 꿀꺽 삼켜 본다. 이와 목구멍이 다만 잠깐 저렸을 뿐 물은 곧바로 다시 넘어온다. 그뿐 아니라 뒤를 이어서 떡이 꾸역꾸역 쏟아진다. 잘 씹지 않고 얼김에 삼킨 떡이라 삭지 못한 그대로 덩어리 덩어리 넘어온다. 우물 전 얼음 위에는 삽시간에 떡이 한 무더기. 옥이는 다시 눈 위에 기운 없이 쓰러지고 말았다. 이러던 애가 어떻게 제 집엘 왔을까 생각하면 여간 큰 노력이 아니요 참 장한 모험이라 안 할 수 없는 일이다.

옥이는 간신히 살아나지만, 덕희는 딸에게 욕을 퍼붓는다

　내가 옥이네 집을 찾아간 것은 이때 썩 지어서이다. 해넘이의 바람은 차고 몹시 떨렸으나 옥이에 대한 소문이 흉하므로 퍽 궁금하였다. 허둥거리며 방문을 펄떡 열어 보니 어머니는 딸 머리맡에서 무르팍에 눈을 비벼 가며 여지껏 훌쩍거리고 앉았다. 냉병은 아주 가셨는지 노상 노렇게 고민하던 그 상이 지금은 불콰하니(얼굴빛이 불그레하니) 눈물이 흐른다. 그리고 놈은 쭈그리고 앉아서 나를 보고도 인사도 없다. 팔짱을 떡 찌르고는 맞은 벽을 뚫어보며 무슨 결기(못마땅한 것을 참지 못하고 성을 내거나 왈칵 행동하는 성미)나 먹은 듯이 바아루 위엄을 보이고 있다. 오늘은 일찍 나온 것을 보면 나무도 잘 판 모양. 얼마 후 놈은 옆으로 고개를 돌리더니 여보게 참말 죽지는 않겠나 하고 물으니까 봉구는 눈을 끔벅끔벅하더니 죽기는 왜 죽어, 한나절토록 경을 읽었는데 하고 자신이 있는 듯 없는 듯 얼치기 대답이다. 제딴은 경을 읽기는 했건만 조금도 효험이 없으매 저로도 의아한 모양이다. 이 봉구란 놈은 번시(본시)가 날탕(어떤 일을 하는 데 아무런 기술이나 기구 없이 마구잡이로 함. 또는 그렇게 하는 사람)이다. 계집에 노름에 혹하는 그 수단은 당할 사람이 없고 또 이것도 재주랄지 못하는 게 별반 없다. 농사로부터 노름질 침주기 점치기 지우질(목수일) 심지어 도적질까지. 경을 읽을 때에는 눈을 감고 중얼거리는 것이 바로 장님이 왔고 투전장을 뽑을 때에는 그 눈깔이 밝기가 부엉이 같다.

그러건만 뭘 믿는지 마을에서 병이 나거나 일이 나거나 툭하면 이놈을 불러 대는 게 버릇이 되었다. 이까짓 놈이 점을 친다면 참이지 나는 용뿔을 빼겠다. 덕희가 눈을 찌끗하고 소곰(소금의 옛말)을 더 좀 먹여 볼까 하고 물을 제 나는 그 대답은 않고 경은 무슨 경을 읽는다고 그래, 건방지게, 그 사관(四關, 급하거나 중한 병일 때에 침을 놓는 네 곳의 혈[穴]을 이르는 말)이나 좀 틀게나 하고 낯을 붉히며 봉구에게 소리를 빽 질렀다. 왜냐면 지금은 경이니 소금이니 할 때가 아니다. 아이를 포대기를 덮어서 뉘었는데 그 얼굴이 노랗게 질렸고 눈을 감은 채 가끔 다르르 떨고 다르르 떨고 하는 것이다. 그리고 입으로는 아직도 게거품을 섞어 밥풀이 꼴깍꼴깍 넘어온다. 손까지 싸늘하고 핏기는 멎었다. 시방 생각하면 이때 죽었을걸 혹 사관으로 살았는지도 모른다. 내가 서두는 바람에 봉구는 주머니 속에서 조고만 대통을 꺼냈다. 또 그 속에서 녹슨 침 하나를 꺼내더니 입에다 한 번 쭉 빨고는 쥐가 뜯어 먹은 듯한 칼라(하이칼라. 머리털을 밑의 가장자리만 깎고 윗부분은 남겨서 기르는, 남자의 서양식 머리 모양) 머리에다 쓱쓱 문지른다. 바른손을 놓은 다음 왼손 엄지손가락으로 침이 또 들어갈 때에서야 비로소 옥이는 정신이 나나 보다. 으악, 소리를 지르며 깜짝 놀란다. 그와 동시에 푸드득 하고 포대기 속으로 똥을 깔겼다. 덕희는 이걸 뻔히 바라보고 있더니 골피를 접으며(얼굴을 찡그려 이마에 주름을 잡으며) 어이 배랄먹을 년, 웬걸 그렇게 처먹고 이 지랄이야 하고는 욕을 오라지게 퍼붓는다. 그러나 나는 그 속을 빤히 보았다. 저와 같이 먹다가 이렇게 되었다면 아마 이토록은 노엽지 않았으리라. 그 귀한 음식을 돌르도록 처먹고도 애비 한쪽 갖다줄 생각을 못한 딸이 지극히 미웠다. 고년 고래 싸, 웬 떡을 배가 터지도록 처먹는담 하고 입을 삐쭉대는 그 낯짝에 시기와 증오가 역력히 나타난다. 사실로 말하자면 이런 경우에는 저도 반드시 옥이와 같이 했으련만, 아니 놈은 꿀 바른 주악을 다 먹고도 또 막걸리를 준다면 물다 뱉는 한이 있더라도 어쨌든 덥석 물었으리라 생각하고는 나는 그 얼굴을 다시 한 번 쳐다보았다.

이야기 따라잡기

덕희는 동리에서 가장 가난하고 게으르기가 곰 같은 사내다. 옛날에는 소작농으로 땅을 빌려 농사를 지었으나 지금은 그나마도 못 하는 가난한 살림에, 하나뿐인 딸 옥이가 먹을 것을 밝힌다고 매일 구박하는 것이 일상이다.

매일 아침이면 덕희는 아내가 가져온 죽을 먹고, 옥이는 그 소리에 깨어나 군침을 삼킨다. 하지만 자리에서 일어나면 아버지에게서 욕을 얻어먹기 때문에 배고픔을 참고 아버지가 나가기만을 기다린다. 아버지가 나뭇짐을 지고 읍내에 나가면 그제야 죽 한 사발을 먹을 수 있다. 그러나 먹는 날보다 굶는 날이 많은 가난한 살림에 옥이는 죽 한 사발을 다 비워도 배가 고프다. 냉병을 앓고 있는 어머니는 곧잘 앓아 눕고, 그럴 때면 옥이는 집주인 개똥이네에 몰래 들어가 먹을 것을 훔치다가 들키기도 한다.

그날은 개똥이네가 대대로 씨종으로 있는 도삿댁의 생신이다. 옥이는 개똥 어머니를 따라 도삿댁 부엌까지 들어갔다가 일하는 여자들로부터 욕을 먹는다. 그러나 작은아씨가 그들을 나무라고 옥이에게 고깃국에 밥을 말아 준다. 옥이가 국밥 한 그릇을 순식간에 먹어 치우자 사람들은 잘 먹는다고 재미있어한다. 이미 배가 부른 옥이에게 작은아씨는 시루팥떡, 백설기, 꿀 바른 주악까지 주고, 옥이는 주는 대로 다 받아 먹고는 탈이 난다.

간신히 집에 돌아온 옥이는 데굴데굴 구르고 먹은 것을 토해 내며 법석을 떨고, 놀란 어머니는 귀신이 들렸다고 생각해서 사람을 불러 경을 읽는다. 결국 '내'가 찾아가서 침을 놓게 하자 그제야 정신을 차리고 포대기 속에 똥을 갈긴다. 그런 옥이를 욕하는 덕희를 보고 '나'는 그가 딸을 시기하고 증오하는 것을 눈치챈다.

쉽게 읽고 이해하기

민중들의 처절한 가난

「떡」(『중앙』, 1935.6)은 풀죽도 끓여 먹기 어려운 농촌 현실에서 오랫만에 얻어 먹은 음식과 떡, 꿀 바른 주악으로 인해 인사불성이 되어 버린 일곱 살 옥이의 이야기이다. 가난이 절정에 달해 가족의 유대마저 해체되어 가는 우리 농촌의 실상을 숨어 있는 화자 '나'의 시선을 통하여 해학과 풍자와 반어로써 보여 주고 있다. 「떡」은 "원래는 사람이 떡을 먹는다. 이것은 떡이 사람을 먹은 이야기다. 다시 말하면 사람이 즉 떡에게 먹힌 이야기렷다."로 시작된다. 일곱 살 옥이는 너무 굶어서 음식을 먹으면 배부르는 것을 분별하지 못한다. 옥이는 아버지가 새벽에 먹고 남긴 죽을 먹는데 아버지가 죽을 많이 먹어 제 먹을 것이 거의 남지 않으면 아버지를 망할 새끼라며 얼른 죽어 버리라고 욕할 정도로 늘 배고픔에 시달리고 있다. 마을 도사(都事) 댁 나리님 생신이라 먹을 기회가 생기자, 늘 배가 고팠던 옥이는 주는 음식마다 죽기 살기로 먹는다. 늘 텅 비어 있던 위장이 갑작스러운 폭식으로 탈이 나 옥이는 졸도하고, 위로 토하고 아래로 싸면서 인사불성이 된다. 이 가난한 어린아이는 이야기의 서두에서 언급하였듯이 떡에게 먹혀 버린 꼴이 된 것이다.

옥이의 아버지 덕희는 배고픔에 발버둥치는 딸에게 죽은 안 주고 때리기만 하는 비도덕적인 모습을 보인다. 심지어 죽다 살아난 옥이를 보며 자신과 같이 먹다가 이렇게 되었다면 이토록 노엽지는 않았을 거라 생각한다. 귀한 음식을 혼자 먹고 갖다 주지 않았다며 시기와 증오를 나타내기까지 한다. 미처 좋은 것을 주지 못해 안타까워해야 할 사랑스러운 자식과 아귀다툼을 해야 할 만큼 가난은 당대 민중들의 삶을 처참하고 피폐하게 만든 것이다. 이렇게 극한적인 가난의 현실은 가족의 유대마저 위협하는 것이다. 작가는 '덕희'라는 비정상적이고 도덕의식이 결여된 인물을 그려 냄으로써, 현실의 비극적 상황을 역설적인 아이러니와 해학을 통하여 더욱 두드러지게 묘파하고 있다.

방관자적 화자의 '비꼼'과 해학

김유정 소설의 해학성은 그의 개성적인 문체와 깊은 연관을 가진다. 어두운 현실을 이야기하면서도 토속적이며 해학적인 어휘를 구사하여, 문장에 생동감과 리듬감을 부여하고 있다. 동시에 구어체를 확립함으로써 상징이나 이중적 의미가 침투할 시간적 공간적 여유를 결과적으로 배제하게 한다. 따라서 그의 문장은 평이하면서 직정적이며 진술한 묘사가 주를 이룬다. 또한 농민이나 도시 소시민의 생활에 밀착된 토착어를 간결한 문체로 묘사하고 있으며 독백체를 즐겨 지문 속에 포함시켜 묘사함으로써 특이한 묘미와 해학을 유발시킨다.

특히 김유정은 작품 속에서 방관자적 입장에 서 있는 화자를 내세워 주인공을 냉소적으로 비웃는다든지, 주인공인 화자가 제3의 인물을 비웃는 방식을 사용하곤 한다.

「떡」에서도 방관자적인 화자가 등장한다. 화자인 '나'는 작품의 서두와 결미 부분에서 덕희를 비꼬고 있다. 배고파하는 딸에게 죽은 안 주고 때리기만 하는 비도덕적인 아버지(덕희)의 모습을 보며 화자인 '나'는 풍자적으로 비웃는다. 또 배가 고파 목이 메어져라 음식을 얻어먹고 졸도해 버린 옥이를 보고 약이 오른 덕희가 딸을 욕하는 꼴을 보고 '나'는 "사실로 말하자면 이런 경우에는 저도 반드시 옥이와 같이 했으련만, 아니 놈은 꿀 바른 주악을 다 먹고도 또 막걸리를 준다면 물다 뱉는 한이 있더라도 어쨌든 덥석 물었으리라 생각하고는 나는 그 얼굴을 다시 한 번 쳐다보았다."라며 비꼰다. 김유정은 이렇게 '비꼼'이라는 방법을 통하여 재미와 해학을 가일층 유발시킨다. 결국 김유정 문학에서 풍자와 해학은 서로 상보적인 역할을 담당하고 있는 것이다.

『심청』(『중앙』 1936.1)은

집필 시기로 보면 1932년으로

김유정의 처녀작이기도 하다.

도시의 걸인, 유랑민과 그들이 살고 있는

서울(도시)을 배경으로 하는

첫 도시소설 작품이다.

심청

온체 심보가 이 뻔새고 보니
눈에 띄는 것마다 모다 아니꼽고 구역이 날 지경이다.
허나 무엇보다도 그의 비위를 상해 주는 건 첫째 거지였다.

등장인물

그	할 일 없이 번민으로만 지내다가 마음보까지 비뚤어져 불평불만으로 나날을 보내는 젊은이. 특히 서울 거리의 거지들이 질색이다.
어린 거지	주인공이 길거리에서 마주친 열댓 살쯤 되어 보이는 거지. 다 죽어 가는 듯한 모습으로 졸고 있다.
동무	학창 시절 동무. 예수교인이고 지금은 순사가 되어 있다.

심청

그는 답답하면 종로로 뛰어나온다

거반 오정이나 바라보도록 요때기를 들쓰고 누웠던 그는 불현듯 몸을 일으켜 가지고 대문 밖으로 나섰다. 매캐한 방구석에서 혼자 볶을 만치 볶다가 열병거지('열화(熱火)'를 속되게 이르는 말)가 벌컥 오르면 종로로 뛰어나오는 것이 그의 버릇이었다.

그러나 종로가 항상 마음에 들어서 그가 거니느냐, 하면 그런 것도 아니다. 버릇이 시키는 노릇이라 울분할 때면 마지못하여 건숭(건성) 싸다닐 뿐 실상은 시끄럽고 더럽고 해서 아무 애착도 없었다. 말하자면 그의 심청(마음보. 심술)이 별난 것이었다. 팔팔한 젊은 친구가 할 일은 없고 그날그날을 번민으로만 지내곤 하니까 나중에는 배짱이 돌라앉고 따라 심청이 곱지 못하였다. 그는 자기의 불평을 남의 얼굴에다 침 뱉듯 뱉어 붙이기가 일쑤요 건뜻하면 남의 비위를 긁어 놓기로 한 일을 삼는다. 그게 생각하면 좀 잔달으나(하는 짓이 잘고 인색하나) 무된(행동을 분별없이 마구

하는 경향이 있는) 그 생활에 있어서는 단 하나의 향락일는지도 모른다.

그가 어실렁어실렁 종로로 나오니 그의 양식인 불평은 한두 가지가 아니었다. 자연은 마음의 거울이다. 온체 심보가 이 뻔새(본새. 어떤 동작이나 버릇의 됨됨이)고 보니 눈에 띄는 것마다 모다 아니꼽고 구역이 날 지경이다. 허나 무엇보다도 그의 비위를 상해 주는 건 첫째 거지였다.

무엇보다 그를 짜증나게 하는 것은 거지이다

대도시를 건설한다는 명색으로 웅장한 건축이 날로 늘어 가고 한편에서는 낡은 단층집은 수리조차 허락지 않는다. 서울의 면목을 위하여 얼른 개과천선하고 훌륭한 양옥이 되라는 말이었다. 게다 각 상점을 보라. 객들에게 미관을 주기 위하여 서로 시새워 별의별 짓을 다 해 가며 어떠한 노력도 물질도 아끼지 않는 모양 같다. 마는 기름때가 짜르르한 헌 누더기를 두르고 거지가 이런 상점 앞에 떡 버티고 서서 나리! 돈 한 푼 주— 하고 어줍대는 그 꼴이라니 눈이 시도록 짜증 가관이다. 이것은 그 상점의 치수를 깎을뿐더러 서울이라는 큰 위신에도 손색이 적다 못할지라. 또는 신사 숙녀의 뒤를 따르며 — 시부렁거리는 깍쟁이(거지)의 행세 좀 보라. 좀 심한 놈이면 비단 걸(비단 옷을 입은 여자)이고 단장 보이(단장[짧은 지팡이]을 짚고 가는 남자)고 닥치는 대로 그 까마귀발(때가 덕지덕지 낀 시꺼먼 발)로 움켜잡고는 돈 안 낼 테냐고 제법 훅닥인다(세차게 다그치고 들볶는다). 그런 봉변이라니 보는 눈이 다 붉어질 노릇이 아닌가! 거지를 청결하라! 땅바닥의 쇠똥 말똥만 칠 게 아니라 문화 생활의 장애물인 거지를 먼저 치우라. 천당으로 보내든, 산 채로 묶어 한강에 띄우든…….
머리가 아프도록 그는 이러한 생각을 하며 허청허청(다리에 힘이 없어 잘 걷
지 못하고 자꾸 비틀거리는 모양) 종로 한복판을 들어섰다. 입으로는 자기도
모를 소리를 괜스레 중얼거리며 —

"나리! 한 푼 줍쇼!"

언제 어디서 빠졌는지 애송이 거지 한 마리(기실 강아지의 문벌이 조
금 더 높으나 한 마리)가 그에게 바짝 붙으며 긴치 않게 조른다. 혓바닥
을 길게 내뿝아 윗입술에 흘러내린 두 줄기의 노란 코를 연신 훔쳐 가
며, 조르자니 썩 바쁘다.

"왜 이럽소, 나리! 한 푼 주세요."

그는 속으로 피익, 하고 선웃음이 터진다. 허기진 놈 보고 설렁탕을
사 달라는 게 옳겠지 자기보고 돈을 내랄 적엔 요놈은 거지 중에도 제일
액수(厄數, 재앙을 당할 운수) 사나운 놈일 게다. 그는 들은 척 않고 그대로
늠름히 걸었다. 그러나 대답 한 번 없는 데 골딱지가 났는지 요놈은 기
를 복복 쓰며 보채되 정말 돈을 달라는 겐지 혹은 같이 놀자는 겐지, 나
리! 왜 이럽쇼, 왜 이럽쇼, 하고 사알살 약을 올려 가며 따르니 이거 성
이 가셔서라도 걸음 한 번 머무르지 않을 수 없다. 그는 고개만을 모로
돌려 거지를 흘겨보다가

"이 꼴을 보아라!"

그리고 시선을 안으로 접어 꾀죄죄한 자기의 두루마기를 한번 쭈욱
훑어 보았다. 하니까 요놈은 속을 차렸는지 됨됨이 저렇고야, 하는 듯싶
어 저도 좀 노려보더니 제출물에(저 혼자서 절로) 떨어져 나간다. 전찻길을

건너서 종각 앞으로 오니 졸지에 그는 두 다리가 멈칫하였다. 그가 행차하는 길에 다섯 간(間, 길이의 단위. 한 간은 여섯 자, 약 1.8미터)쯤 앞으로 열댓 살 될락말락한 한 깍쟁이가 벽에 기대어 앉았는데 까빡까빡 졸고 있는 것이다. 얼굴은 노란 게 말라빠진 노루 가죽이 되고 화롯전에 눈 녹듯 개개풀린 눈매를 보니 필야 신병이 있는 데다가 얼마 굶기까지 하였으리라. 금시로 운명하는 듯싶었다. 거기다 네 살쯤 된 어린 거지는 시르죽은(기운을 차리지 못하는) 고양이처럼, 큰 놈의 무릎 위로 기어오르며, 울기운조차 없는지 입만 벙긋벙긋, 그리고 낯을 째푸리며 투정을 부린다. 꼴을 봐한즉 아마 시골서 올라온 지도 불과 며칠 못 되는 모양이다.

　이걸 보고 그는 잔뜩 상이 흐렸다. 이 벌레들을 치워 주지 않으면 그는 한 걸음도 더 나갈 수가 없었다.

그는 동창인 순사가 거지를 치워 주기를 기대한다

　그러자 문득 한 호기심이 그를 긴장시켰다. 저쪽을 바라보니 길을 치고 다니던 나리가 이쪽을 향하여 꺼불적꺼불적 오는 것이 아닌가. 그리고 뜻밖의 나리였다. 고보 때에 같이 뛰고 같이 웃고 같이 즐기던 그리운 동무, 예수를 믿지 않는 자기를 향하여 크리스천이 되도록 일상 권유하던 선량한 동무였다. 세월이란 무엔지 장래를 화려히 몽상하며 나는 장래 '톨스토이'가 되느니 '칸트'가 되느니 떠들며 껍적이던 그 일이 어제 같건만 자기는 찍 주체궂은 밥통이 되었고 동무는 나리로 ─ 그건 그렇고 하여튼 동무가 이 자리의 나리로 출세한 것만은 놀람과 아울러 아니 기쁠 수가 없었다.

'오냐, 저게 오면 어떻게 나의 갈 길을 치워 주겠지.'

그는 멀찌가니 섰는 채 조바심을 태워 가며 그 경과를 기다렸다. 딴은 그의 소원이 성취되기까지 시간은 단 일 분도 못 걸렸다. 그러나 그는 눈을 감았다.

"아야야 으 — ㅇ, 응, 갈 테야요."

"이 자식! 골목 안에 박혀 있으라니까 왜 또 나왔니, 기름강아지같이 뺀질뺀질한 망할 자식!"

"아야야, 으 — 음, 응, 아야야, 갈 텐데 왜 이리 차세요, 으 — ㅇ, 으 — ㅇ."

하며 기름강아지의 울음소리는 차츰차츰 멀리 들린다.

"이 자식! 어서 가 봐, 쑥 들어가 — ."

하는 날벼락!

거지를 쫓아낸 순사와 그는 반가운 인사를 주고받는다

소란하던 희극은 잠잠하였다. 그가 비로소 눈을 뜨니 어느덧 동무는 그의 앞에 맞닥뜨렸다. 이게 몇 해 만이란 듯 자못 반기며 동무는 허둥지둥 그 손을 잡아 흔든다.

"아, 이게 누구냐! 너 요새 뭐 하니?"

그도 쾌활한 낯에 미소까지 보이며

"참, 오래간만이로군!"

하다가

"나야 늘 놀지, 그런데 요새두 예배당에 잘 다니나?"

"음, 틈틈이 가지, 내 사무란 그저 늘 바쁘니까……."

"대관절 고마워이, 보기 추한 거지를 쫓아 주어서. 나는 웬일인지 종로 깍쟁이라면 이가 북북 갈리는걸!"

"천만에, 그야 내 직책으로 하는 걸 고마울 거야 있나."

하며 동무는 거나하여 흥 있게 웃는다.

이 웃음을 보자 돌연히 그는 점잖게 몸을 가지며

"오, 주여! 당신의 사도 '베드로'를 내리사 거지를 치워 주시니 너무나 감사하나이다."

하고 나직이 기도를 하고 난 뒤에 감사와 우정이 넘치는 탐탁한 작별을 동무에게 남겨 놓았다.

자기가 '베드로'의 영예에서 치사를 받은 것이 동무는 무척 신이 나서 으쓱이는 어깨로 바람을 치올리며 그와 반대쪽으로 걸어간다.

때는 화창한 봄날이었다. 전신줄에서 물찌똥을 내려깔기며 "비리구 배리구" 지저귀는 제비의 노래는 그 무슨 곡조인지 하나도 알려는 사람이 없었다.

이야기 따라잡기

　팔팔한 젊은 나이에 할 일은 없고 불평 불만으로 가득한 주인공은 특히 세련되고 발전한 서울 길거리에 사는 거지들이 못마땅하다. 그에게 달라붙어 구걸하는 거지를 만나 쫓아 버리고 길을 배회하는 데 또 길거리에서 졸고 있는 어린 거지를 만났다. 열댓 살 되어 보이는 거지는 다 죽어 가는 행색이고 더 어린 동생이 그 무릎으로 기어오르고 있다. 거지들 때문에 걸음이 멈춘 그는 문득 저 멀리 거지들을 쫓아 줄 순사가 오는 것을 발견한다. 게다가 그 순사는 그와 같은 학교를 다닌 동창이었다. 순사가 거지를 발로 차서 쫓아낸 후 그는 순사와 짧은 대화를 나누고 예수를 믿는 순사가 거지를 쫓아 준 것에 감사하며 기도를 한다.

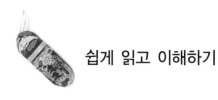

쉽게 읽고 이해하기

김유정의 첫 소설

「심청」은 김유정이 1932년 6월 15일, 처음으로 쓴 소설이다. 그러나 습작이었고 1936년『중앙』에서 뒤늦게 발표되었기 때문에 첫 번째 발표 작이라는 영예는 「산골 나그네」에 넘겨줄 수밖에 없었다.

「심청」은 그의 첫 도시소설 작품이라는 것과 거지 모티프를 활용하고 있다는 점에서 주목을 요한다. 김유정의 소설은 농촌소설, 도시소설, 자전소설로 분류할 수 있는데, 「심청」은 도시의 걸인, 유랑민과 그들이 살고 있는 서울(도시)을 배경으로 하고 있다.

냉소적인 풍자와 위트 있는 묘사

「심청」의 화자인 '그'는 지식인이지만 일제하 식민지 사회에서 직업을 갖지 못하여 할 일 없이 빈둥거리며 잉여인간 같은 삶을 살고 있다. 그래서 그는 매사에 불평 불만이 많아 심청(심술)이 난다. 그래서 제목이

'심청'으로 설정되었다. 그는 대도시를 건설한다는 명분하에 낡은 단층집은 수리조차 허락하지 않는 서울시의 행정에 비판적이다. 동시에 세련되고 발전된 서울에 사는 거지들을 못마땅해하며 길거리에서 거지를 만나기만 하면 쫓아 버리려는 생각으로 가득 차 있는 이율배반적인 인물이다. 그는 길거리에서 졸고 있는 열댓 살 즈음의 거지를 만나는데 저 멀리 고보 동창인 순사 나리가 오는 것을 보고 쫓아 줄 것을 기다린다. 이 순사 나리는 "예수를 믿지 않는 자기를 향하여 크리스천이 되도록 일상 권유하던 선량한 동무"로 표현되는데, 기독교에서 말하는 박애와 사랑의 정신은 아랑곳없이, 이리 차고 저리 차며 거지를 거칠게 내쫓는다. 거지가 귀찮아 동무가 거지를 쫓아 주기를 기다리던 '그'는 그 광경을 보지 못하고 눈을 감고 있다. 거지에 대해 성가셔하던 '그'가 거지에 대해 연민을 느끼는 대목이라 볼 수 있다. 그러나 '그'는 동무인 순사가 거지를 쫓아 준 것에 감사하며 '베드로'의 영예를 빌려 치하한다. 작가는 기독교를 믿는 순사가 거지에 대한 연민 없이 거칠게 내쫓는 장면을 통하여 순사의 위선을 재치 있게 풍자하고 있다. 또한 "오, 주여! 당신의 사도 '베드로'를 내리사 거지를 치워 주시니 너무나 감사하나이다."라고 말하는, 기독교를 믿지 않는 '그'의 입을 통하여, 역설적으로 순사를 풍자하고 있다. 이 말 속에는 순사에게 가지는 '그'의 비아냥도 함축되어 있다. 그럼에도 불구하고 동무인 순사는 "무척 신이 나서 으쓱이는 어깨로 바람을 치올리며" 그와 반대쪽으로 걸어간다. 작가는 당시 서울에 득실대는 거지의 참상을 위트와 풍자로써 보여 주고 있으며 지식인의 권태와 위선을 '그'와 '순사'의 모습을 통하여 형상화한다. '그'는 '거지'에 대해 '개' '벌레'로까지 인식하며 성가셔한다. 어쩌면 '그'는 거지의 모습을 보면서 꾀죄죄한 두루마기를 걸친 자신의 모습을 동일시하고 있는지도 모른다. 거지보다도 못한 그의 허상이 더욱 그로 하여금 '심청'을 불러일으키는지도 모른다.

　이 작품 속에서 작가는 깍쟁이(거지)에 대해 "얼굴은 노란 게 말라빠진 노루 가죽이 되고 화롯전에 눈 녹듯 개개풀린 눈매"로 리얼하게 묘사하고 있다. 특히 "아야야, 으 — 음, 응, 아야야, 갈 텐데 왜 이리 차세요, 으 — ㅇ, 으 — ㅇ."에서와 같이 의성어를 감칠맛 있게 사용함으로써 위트를 자아내고 있다. 즉 위트 있는 묘사 속에서 작가는 따뜻한 인간애로써 '거지'들을 바라보고 있음을 알 수 있다. 서울에 득실대는 거지들의 비참한 현실을, 작중인물들을 통하여 냉소적인 풍자로써 보여 주는 반면 작가는 거지들을 향한 따뜻한 인간애로써 거지들을 위트 있게 묘파하고 있는 것이다.

『가을』(『사해공론』 9호, 1936.1)은

극도의 가난으로 인해

인신매매와 매춘이 횡행하는

일제하 피폐한 농촌의 실상을

해학적으로 보여 주고 있다.

가을

맑은 시내에 붉은 잎을 담그며 일쩌운 바람이 오르내리는 늦은 가을이다.
시든 언덕 위를 복만이는 묵묵히 걸었고 나는 팔짱을 끼고 그 뒤를 따랐다.

등장인물

나(재봉)   이 소설의 화자. 학교를 좀 다녔다는 이유로 이웃에 사는 친구 조복만이
아내를 소 장사에게 팔 때 매매 계약서를 대신 써 준다.

조복만   나와는 담을 사이에 두고 이웃에 사는 친구. 아내 덕분으로 살아가는 무능
하고 답답한 인물이다. 소 장수에게 아내를 판다.

영득 어머니   조복만의 아내. 상냥하고 돌림성 있는 성격으로 지금껏 복만이가 살아
온 것은 모두 아내 덕분이었다.

황거풍(소 장사) 복만에게서 아내를 사 간 홀아비.

술집 할머니   동네에서 술집을 하는 노파. 여우처럼 능청스러운 성격으로 조복만과 황
거풍의 거래를 중개했다.

가을

나는 복만이가 아내를 판 것에 책임이 없다

내가 주재소(일제 강점기에, 순사가 머무르면서 사무를 맡아보던 경찰의 말단 기관)에까지 가게 될 때에는 나에게도 다소 책임이 있을는지 모른다 그러나 사실 아무리 고쳐 생각해 봐도 나는 조금치도 책임이 느껴지지 않는다. 복만이는 제 아내를 (여기가 퍽 중요하다) 제 손으로 직접 소 장사에게 판 것이다. 내가 그 아내를 유인해다 팔았거나 혹은 내가 복만이를 꼬여서 서로 공모(공동 모의)하고 팔아 먹은 것은 절대로 아니었다.

우리 동리에서 일반이 다 아다시피 복만이는 뭐 남의 꼬임에 떨어지거나 할 놈이 아니다. 나와 저와 비록 격장(隔牆, 담 하나를 사이에 두고 이웃함)에 살고 흉허물 없이 지내는 이런 터이지만 한 번도 저의 속을 터 말해 본 적이 없다. 하기야 나쁘랴, 어느 동무고 간 무슨 말을 좀 묻는다면 잘해야 세 마디쯤 대답하고 마는 그놈이다. 이렇게 귀찮은 얼굴에 내천 자를 그리고 세상이 늘 마땅치 않은 그놈이다. 오죽하여야 요전에는 즈(저희) 아내가 우리게 와서 울며 불며 하소(하소연)를 다 하였으랴. 그 망할 건 먹을 게 없으면 변통(돈이나 물건 따위를 융통함)을 좀 할 생각은 않고 부처님같이 방구석에 우두커니 앉았기만 한다고. 우두커니 앉았는 것보다 싫은 말 한마디 속 시원히 안 하는 그 풍보가 미웠다. 마는 그러면서도 아내는 돌아다니며 양식을 꾸어다 여일히(처음부터 끝까지 한결같이) 남편을 공경하고 하는 것이다.

이런 복만이를 내가 꼬였다 하는 것은 번시가 말이 안 된다. 다만 한 가지 나에게 죄가 있다면 그날 매매 계약서를 내가 대서로 써 준 그것뿐이다.

복만이는 아내를 팔기로 하고 나에게 기약서를 부탁한다

점심을 먹고 내가 봉당(안방과 건넌방 사이의 마루를 놓을 자리에 마루를 놓지 않고 흙바닥 그대로 둔 곳, 토방의 사투리)에 앉아서 새끼를 꼬고 있노라니까 복만이가 찾아왔다. 한손에 바람에 나부끼는 인할지(인찰지[印札紙]. 미농지에 괘선을 박은 종이. 흔히 공문서를 작성하는 데 쓴다) 한 장을 들고 내 앞에 와 딱 서더니

"여보게, 자네 기약서(계약서) 쓸 줄 아나?"

"기약서는 왜?"

"아니, 글쎄 말이야!"

하고 놈이 어색한 낯으로 대답을 주저하는 것이 아니냐. 아마 곁에 다른 사람이 여럿이 있으니까 말하기가 거북했을지도 모른다.

그러나 나는 사날(사나흘) 전에 놈에게 종용히(차분하고 침착하게) 들은 말이 있어서 오, 아내의 일인가 보다 하고 얼뜬 눈치채었다. 싸리문 밖으로 놈을 끌고 나와서 그 귀밑에다

"자네 여편네게 어떻게 됐나?"

"응."

놈이 단마디 이렇게만 대답하고는 두레두레한 눈을 굴리며 뭘 잠깐 생각하는 듯하더니

"저 물 건너 사는 소 장사에게 팔기로 됐네. 재순네(술집)가 소개를 해서 지금 주막에 와 있는데 자꾸네(자꾸) 기약서를 써야 한다구 그래. 그러나 누구 하나 쓸 줄 아는 사람이 있어야지. 그래 자네게 써 가주 올 테니 잠깐 기다리라구 하고 왔어. 자넨 학교 좀 다녔으니까 쓸 줄 알겠지?"

"그렇지만 우리 집에 먹이 있나 붓이 있나?"

"그럼 하여튼 나하구 같이 가세."

맑은 시내에 붉은 잎을 담그며 일쩌운(귀찮거나 불편한) 바람이 오르내리는 늦은 가을이다. 시든 언덕 위를 복만이는 묵묵히 걸었고 나는 팔짱을 끼고 그 뒤를 따랐다. 이때 적으나마 내가 제 친구니까 되든 안 되든 한번 말려 보고도 싶었다. 다른 짓은 다 할지라도 영득이(다섯 살 된 아들이다)를 생각하여 아내만은 팔지 말라고 사실 말려 보고 싶지 않은 것은 아니다. 그러나 내가 저를 먹여 주지 못하는 이상 남의 일이라고 말하기 좋아 이러쿵저러쿵 지껄이기도 어려운 일이다. 맞붙잡고 굶느니 아내는 다른 데 가서 잘 먹고 또 남편은 남편대로 그 돈으로 잘 먹고 이렇게 일이 필 수도 있지 않으냐. 복만이의 뒤를 따라가며 나는 도리어

나의 걱정이 더 큰 것을 알았다. 기껏 한 해 동안 농사를 지었다는 것이 털어서 쪼개고 보니까 나의 몫으로 겨우 벼 두 말 가웃이(수량을 나타내는 표현에 사용된 단위의 절반 정도 분량의 뜻을 더하는 접미사. 여기서는 두 말 반 정도) 남았다. 물론 덜어서 빚도 다 못 가린 복만이에게 대면 좀 나을는지 모르지만 이걸로 우리 식구가 한겨울을 날 생각을 하니 눈앞이 고대로 캄캄하다. 나도 올겨울에는 금점(조선 시대에, 관청의 허가를 받아 금을 캐고 제련하던 곳. 무허가 채굴업자들을 단속하기도 하였다)이나 좀 해 볼까, 그렇지 않으면 투전을 좀 배워서 노름판으로 쫓아다닐까. 그런대로 밑천이 들 터인데 돈은 없고 복만이같이 내 팔 아내도 없다. 우리 집에는 여편네라곤 병든 어머니밖에 없으나 나이도 늙었지만(좀 부끄럽다) 우리 아버지가 있으니까 내 맘대론 못 하고 ─.

이런 생각에 잠기어 짜증 나는 복만이더러 네 아내를 팔지 마라 어째라 할 여지가 없었다. 나두 일찍이 장가나 들어 두었더라면 이런 때 팔아 먹을걸 하고 부즈러운(부질없는) 후회뿐으로.

큰길로 빠져나와서

"그럼 자네 먼저 가 있게. 내 먹 붓을 빌려 가지구 곧 갈게."

"벼루서껀(벼루도) 있어야 할걸 ─."

나 혼자 밤나무 밑 술집을 터덜터덜 찾아갔다. 닭의 똥들이 한산히 늘어놓인 뒷마루로 조심스레 올라서며 소 장사란 놈이 대체 어떻게 생긴 놈인가 하고 퍽 궁금하였다. 소도 사고 계집도 사고 이럴 때에는 필연 돈도 상당히 많은 놈이리라.

복만이와 소 장수는 거래를 한다

지게문을 열고 들어서니 첫때 눈에 띤 것이 밤볼(입 안에 밤을 문 것처럼 살이 볼록하게 찐 볼)이 지도록 살이 디룩디룩한 그리고 험상궂게 생긴 한 애꾸눈이다. 이놈이 아랫목에 술상을 놓고 앉아서 냉수 마신 상으로 나를 쓰윽 쳐다보는 것이다. 바지 저고리에는 때가 쪼루룩 묻은 것이 게다 제에는 모양을 낸답시고 누런 병정 각반(걸음을 걸을 때 발목 부분을 가뜬하게 하기 위하여 발목에서부터 무릎 아래까지 돌려 감거나 싸는 띠)을 치올려 쳤다.

이놈과 그 옆 한구석에 쪼그리고 앉았는 영득 어머니와 부부가 되는 것은 아무리 봐도 좀 덜 맞는 듯싶다마는 영득 어머니는 어떻게 되든지 간 그 처분만 기다린단 듯이 잠자코 아이에게 젖이나 먹일 뿐이다. 나를 쳐다보고 자칫 낯이 붉는 듯하더니

"아재 내려오슈!"

하고는 도로 고개를 파묻는다.

이때 소 장사에게 인사를 붙여 준 것이 술집 할머니다. 사흘이 모자라서 여우가 못 됐다니만치 수단이 능글차서(음흉하고 능청스러워서)

"둘이 인사하게. 이게 내 먼 촌 조칸데 소 장사구 돈 잘 쓰구."

하다가 뼈만 남은 손으로 내 등을 뚜덕이며

"이 사람이 아까 그 기약서 잘 쓴다는 재봉이야."

"거 뉘 댁인지 우리 인사합시다. 이 사람은 물 건너 사는 황거풍이라 부루."

이놈이 바루 우좌스럽게(우자스럽게. 어리석게) 큰 소리로 인사를 거는 것

이다. 나두 저 붑지(부럽지) 않게 떡 버티고 앉아서 이 사람은 하고 이름을 댔다. 올 아버지두 십 년 전에는 땅마지기나 좋이 있었단 것을 명백히 일러 주니까 그건 안 듣고 하는 수작이

"기약서를 써 달라구 불렀는데 수고로우나 하나 잘 써 주기유."

망할 자식, 이건 아주 딴소리다. 내가 친구 복만이를 위해서 왔지 그래 예깟 놈의 명령에 왔다 갔다 할 겐가. 이 자식 무척 시큰둥하구나 생각하고 낯을 찌푸려 모로 돌렸으나 "우선 한잔 하기유 ―" 함에는 두 손으로 얼른 안 받지도 못할 노릇이었다.

복만이가 그 웃음 잊은 얼굴로 씨근거리며 달겨들 때에는 벌써 나는 석 잔이나 얻어먹었다. 얼근한 손에 다 모지라진 붓을 잡고 소 장사의 요구대로 그려 놓았다.

매매 계약서

일금 오십 원야라
위 금은 내 아내의 대금으로써 정히 영수합니다.

갑술년 시월 이십 일
조복만

황거풍 전

여기에 복만이의 지장을 찍어 주니까 어디 한번 읽어 보우 한다. 그리고 한참 나를 의심스레 바라보며 뭘 생각하더니 "그거면 고만이유. 만일 내중에 조 상('상'은 일본어에서 사람 이름 뒤에 붙이는 칭호. 여기서는 복만이를 가

리킴) 돈을 해 가주 와서 물러 달라면 어떡허우?" 하고 눈이 둥그래서 나를 책망을 하는 것이다. 이놈이 소장(소를 사고 파는 시장)에서 하던 버릇을 여기서 하는 것이 아닌가 하도 어이가 없어서 나도 벙벙히 쳐다만 보았으나 옆에서 복만이가 그대루 써 주라 하니까

어떠한 일이 있더라도 내 아내는 물러 달라지 않기로 맹세합니다.

그제서야 조끼 단추 구녁(구멍)에 굵은 쌈지 끈으로 목을 매달린 커단 지갑이 비로소 움직인다. 일 원짜리 때 묻은 지전 뭉치를 꺼내 들더니 손가락에 연신 침을 발라 가며 앞으로 세어 보고 뒤로 세어 보고 그리고 이번에는 꺼꾸로 들고 또 침을 발라 가며 공손히 세어 본다. 이렇게 후줄근히 침을 발라 셌건만 복만이가 또다시 공손히 바르기 시작하니 아마 지전은 침을 발라야 장수를 하나 보다.

나는 팔려 가는 복만이 아내를 전송한다

내가 여기서 구문(口文, 흥정을 붙여 주고 그 보수로 받는 돈)을 한푼이나마 얻어먹었다면 참이지 성을 갈겠다. 오 원씩 안팎 구문으로 십 원을 잡순 것은 술집 할머니요 나는 술 몇 잔 얻어먹었다. 뿐만 아니라 소 장사를, 아니 영득 어머니를 오 리 밖 공동묘지 고개까지 전송을 나간 것도 즉 내다.

고갯마루에서 꼬불꼬불 돌아 내린 산길을 굽어보고 나는 마음이 적이

언짢았다. 한마을에 같이 살다가 팔려 가는 걸 생각하니 도시 남의 일 같지 않다. 게다 바람은 매우 차건만 입때 홑적삼으로 떨고 섰는 그 꼴이 가엾고!

"영득 어머니! 잘 가게유."

"아재, 잘 기슈."

이 말 한마디만 남길 뿐 그는 앞장을 서서 사랫길(논밭 사이로 난 길)을 살랑살랑 달아난다. 마땅히 저 갈 길을 떠나는 듯이 서둘며 조금도 섭섭한 빛이 없다. 그리고 내 등 뒤에 섰는 복만이조차 잘 가라는 말 한마디 없는 데는 실로 놀라지 않을 수 없다. 장승같이 뻐적 서서는 눈만 끔벅끔벅하는 것이 아닌가. 개자식. 하루를 살아도 제 계집이련만 근 십 년이나 소같이 부려먹던 이 아내다. 사실 말이지 제가 여지껏 굶어 죽지 않은 것은 상냥하고 돌림성(일을 주선하거나 변통하는 솜씨) 있는 이 아내의 덕택이었다. 그런데 인사 한마디가 없다니 개자식 하고 여간 밉지 않았다.

영득이는 즈(제) 아버지 품에 잔뜩 붙들리어 기가 올라서 운다. 멀리 간 어머니를 부르고 두 주먹으로 아버지의 복장을 들이 두드리다간 한 번 쥐어박히고 멈씰한다('멈칫하다'의 사투리). 그리고 조금 있으면 다시 시작한다.

소 장사는 얼굴에 술이 잔뿍 올라서 제멋대로 한참 지껄이더니

"친구! 신세 많이 졌수. 이담 갚으리다."

하고 썩 멋들어지게 인사를 한다. 그리고 뒤뚝뒤뚝 고개를 내리다가 돌부리에 채키어 뚱뚱한 몸뚱아리가 그대로 떼굴떼굴 굴러 버렸다. 중턱

에 내뻗은 소나무에 가지가 없었다면 낭떠러지로 떨어져 고만 터져 버릴걸 요행히 툭툭 털고 일어나서 입맛을 다신다. 놈이 좀 무색한지 우리를 돌아보고 한 번 빙긋 웃고 다시 내걸을 때에는 영득 어머니는 벌써 산 하나를 꼽들었다.

소 장수가 나를 찾아와 소동을 벌인다

이렇게 가던 소 장사 이놈이 닷새 후에는 날더러 주재소로 가자고 내 끄는 것이 아닌가. 사기는 복만이한테 사고 내게 지다위(떼를 쓰거나 책임을 다른 사람에게 전가하는 일)를 붙는다. 그것도 한가로운 때면 혹 모르지만 남 한창 바쁘게 거름 쳐내는 놈을 좋도록 말을 해서 듣지 않으니까 나두 약이 안 오를 수 없고 골김에(홧김에) 놈의 복장을 그대로 떠다밀어 버렸다. 풀밭에 가 털벅 주저앉았다 일어나더니 이번에는 내 멱살을 바짝 조여 잡고 소 다루듯 잡아끈다.

내가 구문을 받아 먹었다든지 또는 복만이를 내가 소개했다든지 하면 혹 모르겠다. 기약서 써 주고 술 몇 잔 얻어먹은 것밖에 나에게 무슨 죄가 있느냐. 놈의 말을 들어 보면 영득 어머니가 간 지 나흘 되던 날, 즉 그저께 밤에 자다가 어디로 없어졌다. 밝는 날에는 들어올까 하고 눈이 빠지게 기다렸으나 영 들어오질 않는다. 오늘은 꼭두새벽부터 사방으로 찾아다니다 비로소 우리들이 짜고 사기를 해 먹은 것을 깨닫고 지금 찾아왔다는 것이다. 제 아내 간 곳을 아르켜 주어야지 그렇지 않으면 너와 죽는다고 애꾸 낯짝을 들이대고 이를 북 갈아 보인다.

"내가 팔았단 말이유. 날 붙잡고 이러면 어떡할 작정이지요?"

"복만이는 달아났으니까 너는 간 곳을 알겠지? 느들이 짜고 날 고랑때(골탕)를 먹었어, 이놈의 새끼들!"

"아니, 복만이가 달아났는지 혹은 볼 일이 있어서 어디 다니러 갔는지 지금 어떻게 안단 말이유?"

"말 말아. 술집 아주머니에게 다 들었다. 또 속일랴구, 요 자식!"

그리고 나를 논둑에다 한 번 메다꽂아서는 흙도 털 새 없이 다시 끌고 간다. 술집 아주머니가 복만이 간 곳은 내가 알겠으니 가 보라 했다나. 구문 먹은 걸 도루 돌라 놓기가(토해 내기가) 아까워서 제 책임을 내게로 떠민 것이 분명하다. 이렇게 되면 소 장사 듣기에는 내가 마치 복만이를 꼬여서 아내를 팔게 하고 뒤로 은근히 구문을 뗀 폭이 되고 만다.

복만이와 그의 아내는 같은 날 사라졌다

하기는 복만이도 그 아내가 없어졌다는 날 그저께 어디로인지 없어졌다. 짜장(진짜로, 정말로) 도망을 갔는지 혹은 볼일이 있어서 일갓집 같은 데 다니러 갔는지 그건 자세히 모른다. 그러나 동리를 돌아다니며 아내가 꾸어 온 양식, 돈푼, 이런 자지레한(자질구레한) 빚냥을 다아 돈으로 갚아 준 그다. 달아나기에 충분할 아무 죄도 그는 갖지 않았다. 영득이가 밤마다 엄마를 부르며 악장을 치더니(악을 쓰며 소동을 일으키더니) 보기 딱하여 즈 큰집으로 맡기러 갔는지도 모른다.

복만이가 저녁에 우리 집에 왔을 때에는 어서(어디서) 먹었는지 술이

거나하게 취했다. 안뜰로 들어오더니 막걸리를 한 병 내놓으며

"이거 자네 먹게."

"이건 왜 사 와. 하튼 출출한데 고마우이."

하고 나는 부엌에 내려가 술잔과 짠지 쪼가리를 가주 나왔다. 그리고 둘이 봉당에 걸터앉아서 마시기 시작하였다.

술 한 병을 다 치고 나서 그는 이런 이야기 저런 이야기 지껄이더니 내 앞에 돈 일 원을 꺼내 놓는다.

"저번 수골 끼쳐서 그 옐세."

"예라니?"

나는 눈을 둥그렇게 뜨고 그 얼굴을 이윽히 쳐다보았다. 마는 속으로는 요전 대서료로 주는구나 하고 이쯤 못 깨달은 바도 아니었다. 남의 아내를 판 돈에서 대서료를 받는 것이 너무 무례한 일인 것쯤은 나도 잘 안다. 술을 먹었으니까 그만해도 좋다 하여도

"두구 술 사 먹게. 난 이거 말구두 또 있으니까!"

하고 굳이 주머니에게까지 넣어 주므로 궁하기도 하고 그대로 받아 두었다. 그리고 그 담부터는 복만이도 영득이도 우리 동리에서 볼 수가 없고 그뿐 아니라 어디로 가는 걸 본 사람조차 하나도 없다.

주재소까지 끌려가던 길에 소 장수의 이야기를 듣는다

이런 복만이를 소 장사 이놈이 날더러 찾아 놓으라고 명령을 하는 것이다. 멱살을 숨이 갑갑하도록 바짝 매달려서 끌려가자니 마을 사람들

은 몰려서서 구경을 하고 없는 죄가 있는 듯이 얼굴이 확확 단다. 큰 개 울께까지 나왔을 적에는 놈도 좀 열적은지(열없는지. 좀 겸연쩍고 부끄러운지) 슬며시 놓고 그냥 걸어간다. 내가 반항을 하든지 해야 저도 독을 올려서 욕설을 하고 겯고틀고(서로 지지 않으려고 버티어 겨루고) 할 텐데 내가 고분히 달려 가니까 그럴 필요가 없다. 저의 원대로 주재소까지 가기만 하면 고만이니까.

우리는 아무 말 없이 앞서고 뒤서고 십 리 길이나 걸었다. 깊은 산길이라 사람은 없고 앞뒤 산들은 울긋불긋 물들어 가끔 쏴 하고 낙엽이 날린다. 뉘엿뉘엿 넘어가는 석양에 먼 봉우리는 자줏빛이 되어 가고 그 반영에 하늘까지 불콰하다(불그레하다). 험한 바위에서 이따금 돌은 굴러내려 웅덩이의 맑은 물을 휘저어 놓고 풍 하는 그 소리는 실로 쓸쓸하다. 이 산서 수꿩이 푸드득 저 산서 암꿩이 푸드득 그리고 그 사이로 소 장사 이놈과 나와 노량으로(어정어정 놀면서 느릿느릿) 허위적허위적.

또 한 고개를 놈이 뚱뚱한 몸집으로 숨이 차서 씨근씨근 올라오니 그때는 노기는 완전히 사라졌다. 풀밭에 펄썩 주저앉아서는 숨을 돌리고 담배를 꺼내고 그리고 무슨 마음이 내켰는지 날더러

"다리 아프겠수. 우리 앉아서 쉽시다."

하고 친절히 말을 붙인다. 나도 그 옆에 앉아서 주는 궐련을 피우며 물었다. 인제도 주재소까지 시오 리가 남았으니 어둡기 전에는 못 갈 것이다.

"아까는 내 퍽 잘못했수."

"별말 다 하우."

"그런데 참 복만이 간 데 짐작도 못하겠수?"

"아마 모름 몰라두 덕냉이 즈 큰집에 갔기가 쉽지유."

이 말에 놈이 경풍(갑자기 의식을 잃고 경련하는 증세)을 하도록 반색하여 애꾸눈을 바짝 들이대고 끔벅거린다. 그리고 우는 소리가 잃어버린 돈이 아까운 게 아니라 그런 계집을 다시 만나기가 어려워서 그런다. 번히 홀아비의 몸으로 얼굴 똑똑한 아내를 맞다가 술장사를 시켜 보고자 벼르던 중이었다. 그래 이번에 해 보니까 장사도 잘할뿐더러 아내로서 훌륭한 계집이다. 참이지 며칠 살아 봤지만 남편에게 그렇게 착착 부닐고(가까이 따르며 붙임성 있게 굴고) 정이 붙는 계집은 여지껏 내 보지 못했다. 그러기에 나두 저를 위해서 인조견(인공적으로 만든 명주실로 짠 비단)으로 옷을 해 입힌다 갈비를 들여다 구워 먹인다 이렇게 기뻐하지 않았겠느냐. 덧돈을 들여 가면서라도 찾으려 하는 것은 저를 보고 싶어서 그럼이지 내가 결코 복만이에게 돈으로 물러 달랄 의사는 없다. 그러니 아무 염려 말고

"복만이 갈 듯한 곳은 다 좀 아르켜 주."

놈의 말투가 또 이상스레 꾀는 걸 알고 불쾌하기가 짝이 없다. 아무 대답도 않고 묵묵히 앉아서 담배만 빠니까

"같은 날 같이 없어진 걸 보면 둘이 짜구서 도망간 게 아니유?"

"사십 리씩 떨어져 있는 사람이 어떻게 짜구 말구 한단 말이유?"

내가 이렇게 펄쩍 뛰며 핀잔을 줌에는 그도 잠시 낙망하는 빛을 보이며

"아니 일테면(이를테면) 말이지. 내가 복만이면 즈 아내가 어디 간 것쯤은 알게 아니유?"

하고 꾸중 만난 어린애처럼 어리광조로 빌붙는다. 이것도 사랑병인지 아까는 큰 체를 하던 놈이 이제 와서는 나에게 끽소리도 못한다. 행여나 여망(아직 남은 희망) 있는 소리를 들을까 하여 속 달게 나의 눈치만 그리다가

"덕냉이 큰집이 어딘지 아우?"

"우리 삼촌 댁도 덕냉이 있지유."

"그럼 우리 오늘은 도루 내려가 술이나 먹고 낼 일찍이 같이 떠납시다."

"그러기유."

더 말하기가 싫어서 나는 코대답으로 치우고 먼 서쪽 하늘을 바라보았다. 해가 마악 떨어지니 산골은 오색 영롱한 저녁 노을로 덮인다. 산봉우리는 숫제 이글이글 끓는 불덩어리가 되고 노기 가득 찬 위엄을 나타낸다. 그리고 나직이 들리느니 우리 머리 위에 지는 낙엽 소리!

소 장사는 쭈그리고 눈을 감고 앉았는 양이 내일의 계획을 세우는 모양이다. 마는 나는 아무리 생각하여도 복만이는 덕냉이 즈 큰집에 있을 것 같지 않다.

이야기 따라잡기

한 해 농사를 마친 어느 가을, 주인공 '나'는 담장을 사이에 두고 이웃하고 사는 친구 복만이가 아내를 소 장수에게 팔 때 학교를 조금 다녀서 공문서를 쓸 줄 안다는 이유로 기약서(계약서)를 대신 써 주게 된다. 열심히 농사를 지어 추수를 하고도 손에 남는 것이 없는 가난에 시달리며 고생하는 처지임은 나 역시 마찬가지라, 나는 내다 팔 아내라도 있는 복만이가 부럽다는 생각조차 들어서 복만이를 차마 말리지 못한다. 복만이 아내는 돈 있는 사람에게 팔려가 잘 살게 되고, 복만이 역시 아내를 팔아 돈이 생기면 둘 다 좋은 일 아니냐고 생각한다.

그런데 며칠 후, 복만이의 아내를 사 갔던 소 장수가 나를 찾아온다. 그가 사 갔던 복만이 아내가 달아났다는 것이다. 설상가상으로 복만이까지 동네에서 사라진 다음이라 나는 계약서를 써 준 죄로 소 장수에게 멱살을 잡히는 봉변을 당한다. 물론 나는 복만이와 그 아내가 어디 갔는지 알지 못하고, 소 장수가 주장하는 대로 그들과 짜고 사기를 친 것도 아니다. 그러나 어쩔 수 없이 성난 소 장수에게 잡혀서 주재소로 끌려가게 된다.

사실 얼마 전, 복만이는 수고비 명목으로 나에게 술과 돈 일 원을 가져다 주었다. 그 후 복만이는 동네에서 사라져 버리고 그가 간 곳을 아는 사람은 아무도 없었던 것이다.

　주재소로 나를 끌고 가던 소 장수는 가다 보니 맥이 풀려서 이야기를 늘어놓는다. 홀아비 신세에 모처럼 마음에 드는 여자를 아내로 맞이했는데 달아나 버렸다는 것이다. 나 역시 마음이 풀려서 복만이가 큰집에 갔을지도 모른다고 말해 준다. 소 장수는 희망이 생긴 듯 다음 날 함께 그쪽으로 찾아가 보자고 제안하지만, 나는 저녁 노을 지는 가을 풍경을 바라보며 복만이가 큰집에 없을 거라고 생각한다.

쉽게 읽고 이해하기

생존을 위해 아내 팔기

「가을」(『사해공론』, 1936.1)은 극도의 가난으로 인해 인신매매와 매춘이 횡행하는 일제하 피폐한 농촌의 실상을 해학적으로 보여 주고 있다. 작가는 매춘과 인신매매가 이루어지는 현장을 화자인 '나'를 통하여 익살스럽게 폭로하고 있다. 복만은 너무 가난해서 자기 아내를 소 장수에게 판다. 화자 '나'는 친구 조복만의 아내를 파는 데 증거가 되는 매매 계약서를 쓰는 것을 도와주게 된다. '나'는 복만이 아내를 파는 것을 말리고 싶으면서도, 자기 집에 여자라고는 지아비(즉 자신의 아버지)가 있는 노모만 있을 뿐이라, 팔 수 있는 아내조차 없는 자신을 한심하게 여기며 복만을 부러워한다. 한편 늙고 병든 어머니를 팔 것을 상상하며 '부끄러움'을 느낀다. 그러나 얼마 되지 않아 소 장수에게 팔려간 복만의 아내가 사라지고 '나'는 복만이 부부가 함께 떠났을 것이라고 짐작한다.

김유정의 작품에는 인신매매와 매춘을 다룬 작품들이 많은데 「가을」에서는 남편이 직접 나서서 아내를 판다는 것이 특징적이다. 남편이 아내를 파는 행위는 아내를 사랑하지 않아서가 아니다. 너무 가난하기 때문에, 처절한 가난으로부터 벗어나 생존하기 위해 아내를 파는 것이다. 생존하기 위해 윤리와 도덕은 무뎌져만 가는 것이다. 반면 소 장수는 얼굴 똑똑한 복만의 아내를 사다가 술장사를 시키려고 벼르고 있다. 그에게 복만의 아내는 돈벌이의 수단이다. 그러다가 복만이와 그의 아내가 동시에 사라짐으로써 낭패를 당한다.

유정의 현실 인식, 부끄러움의 미학

소 장수는 복만의 아내를 사기로 하고 대금을 치르는데 돈을 주고받는 두 사람은 서로 지전 한 장이라도 더 가고 덜 받지 않으려고 제법 똑똑한 체를 한다. 그러나 이미 두 사람은 평생의 반려로 여길 아내를 소를 사듯 '돈'으로 거래하고 있는 바보들이다. 더하여 나름 동네에서 똑똑하다는 '나'는 금점을 해 볼까, 투전을 배워 노름판에 쫓아다닐까 고민하다가 급기야 "복만이같이 내 팔 아내도 없다. 우리 집에는 여편네라곤 병든 어머니밖에 없으나 나이도 늙었지만(좀 부끄럽다) 우리 아버지가 있으니까 내 맘대론" 팔지 못한다고 걱정하는 대목까지 이르면 이들의 사고가 얼마나 무지하고 우매한지를 알 수 있게 된다. '나'는 병든 어머니를 팔 것을 상상하며 '부끄러움'을 느끼기도 하는 한편 상냥하고 돌림성 있는 아내를 소 장수에게 팔아넘기려는 복만이를 비웃기도 한다. 피폐화된 농촌 현실 속에서 '나'가 느끼는 '부끄러움'에 대한 인식은 김유정의 현실 인식의 한 반영이라 볼 수 있다.

김유정은 인간의 어리석음을 적나라하게 폭로하면서 작중인물의 내면 심리 세계를 감칠맛 있게 묘사한다. 그리고 작가는 그들을 따뜻한 애정과 연민의 시선으로 바라본다. 작가는 부조리가 만연하는 억압적인 현실을 냉정하게 응시하면서도 그런 현실에 대응하는 작중인물들을 희화시킴으로써 연민을 불러일으킨다. 작가는 비극적 현실을 희극적인 인물들을 통하여 희화시킴으로써 오히려 독자들로 하여금 인간에 대한 온정과 옹호로 눈물겹게 만드는 것이다.

모국어에 대한 탐구, 빼어난 언어 구사

구인회 동인이기도 했던 김유정은 모국어에 대한 탐구와 활용이 동시대의 작가들 중에서 두드러졌다. 또한 그의 문학은 의성어, 의태어를 이용한 빼어난 언어 구사, 다양한 어휘의 활용, 독특하고 개성적인 문체와 해학, 풍자로써 때로는 현실의 아픔을 카타르시스시키는 효과를 지닌다는 점을 그 특징으로 들 수 있다.

> 우리는 아무 말 없이 앞서고 뒤서고 십 리 길이나 걸었다. 깊은 산길이라 사람은 없고 앞뒤 산들은 울긋불긋 물들어 가끔 쏴 하고 낙엽이 날린다. 뉘엿뉘엿 넘어가는 석양에 먼 봉우리는 자줏빛이 되어 가고 그 반영에 하늘까지 불콰하다. 험한 바위에서 이따금 돌은 굴러내려 웅덩이의 맑은 물을 휘저어 놓고 풍 하는 그 소리는 실로 쓸쓸하다. 이 산서 수꿩이 푸드득 저 산서 암꿩이 푸드득 그리고 그 사이로 소 장사 이놈과 나와 노량으로 허위적허위적.

복만이의 아내를 찾으러 온 소 장수와 '나'가 한판 승강이를 하다가 바라본 자연에 대한 묘사 속에서 의성어와 의태어의 적절한 구사가 개성적이다. 그리고 작중인물의 행위를 통하여 따뜻한 인간애를 드러내고 있다.

『이런 음악회』(『중앙』 1936.4)는

청소년 집단에서 흔히 볼 수 있는

인물 유형들을 활용하여

아이들 사이에서 있을 법한 상황을

김유정만의 익살로 탁월하게 보여 주고 있다.

이런 음악회

그러니까 이런 사람은 영영 남 응원하기에 목이 잠기고 돈을 쓰고
이래야 되는 말하자면 팔자가 응원 대장일지도 모른다.

등장인물

나   음악에 별 관심이 없는 평범한 학생. 먹을 것을 사 준다는 말에 황철이를
      따라 음악회에 간다.

황철   학교의 응원 대장. 제 돈을 들여 가면서 이런저런 대회나 시합에 응원단을
      몰고 다닌다.

이런 음악회

나는 황철이에게 이끌려 음악회에 간다

내가 저녁을 먹고서 종로 거리로 나온 것은 그럭저럭 여섯 점 반이 넘었다. 너펄대는 우와기(일본어로 겉옷) 주머니에 두 손을 꽉 찌르고 그리고 휘파람을 불며 올라오자니까

"애!"

하고 팔을 뒤로 잡아채며

"너 어디 가니?"

이렇게 황급히 묻는 것이다.

나는 삐끗하는 몸을 고르잡고 돌려 보니 교모를 푹 눌러쓴 황철이다. 번시 성미가 껍껍한(성미가 급하고 참을성이 없는) 놈인 줄은 아나 그래도 이토록 씨근거리고 긴히 달려듦에는, 하고

"왜 그러니?"

"너 오늘 콩쿠르 음악대횐 거 아니?"

"콩쿠르 음악 대회?"

하고 나는 좀 떠름하다가 그제서야 그 속이 뭣인 줄을 알았다.

이 황철이는 참으로 우리 학교의 큰 공로자이다. 왜냐면 학교에서 무슨 운동 시합을 하게 되면 늘 맡아 놓고 황철이가 응원 대장으로 나선다. 뿐만 아니라 제 돈을 들여 가면서 선수들을 (학교에서 먹여야 번이 옳을 건데) 제가 꾸미꾸미(남몰래 틈틈이) 끌고 다니며 먹이고, 놀리고, 이런다. 그리고 시합 그 이튿날에는 목에 붕대를 칭칭하게 감고 와서 똑 벙어리 소리로

"어떻냐? 내 어제 응원을 잘해서 이기지 않았니?"

하고 잔뜩 뻠(뽐)을 내고는

"그지 시합엔 응원을 잘해야 해!"

그러니까 이런 사람은 영영 남 응원하기에 목이 잠기고 돈을 쓰고 이래야 되는 말하자면 팔자가 응원 대장일지도 모른다. 이번에도 콩쿠르 음악회에 우리 반 동무가 나갔고 또 요행히 예선에까지 붙기도 해서 놈이 어제부터 응원대 모기(모으기)에 바빴다. 그러나 나에게는 아무 말도 없더니 왜 붙잡나, 싶어서

"그럼 얼른 가 보지, 왜 이러구 있니?"

"다시 생각해 보니까 암만해도 사람이 부족하겠어."

하고 너도 같이 가자고 팔을 막 잡아끄는 것이다.

"너나 가거라, 난 음악횐 싫다."

나는 이렇게 그 손을 털고 옆으로 떨어지다가

"재! 재! 내 이따 나오다가 돼지고기 만두 사 주마."

함에는 어쩔 수 없이 고개를 모로 돌리어

"대관절 몇 시간이나 하나?"

하고 묻지 않을 수 없다. 그러나 그 대답이 꼭 두 시간이면 끝나리라, 하
므로 나는 안심하고 따라섰다.

황철이는 우리 학교 참가자만 응원하라고 일러 준다

둘이 음악회장 입구에 헐레벌떡하고 다다랐을 때에는 우리 반 동무
열세 명은 벌써 와서들 기다리고 섰다. 즈이(저희)끼리 낄낄거리고 수군
거리고 하는 것이 아마 한창들 흉계가 벌어진 모양이다.

황철이는 우선 입장권을 사 가지고 와 우리에게 한 장씩 나누어 주며
명령을 하는 것이다. 즉 우리들이 네 무더기로 나누어서 회장의 전후좌
우로 한 구석에 한 무데기씩 앉고 시치미를 딱 떼고 있다가 우리 악사만
나오거든 덮어 놓고 손바닥을 치며 재청(이미 한 번 한 것을 다시 청함)이라
고 악을 쓰라는 것이다. 그러면 암만 심사원이라도 청중을 무시하는 법
은 없으니까 일등은 반드시 우리의 손에 있다, 고. 허나 다른 악사가 나
올 적에는 손바닥커녕 아예 끽소리도 말라 하고 하나씩 붙들고는 그 귀
에다

"알았지, 응?"

그리고 또

"알았지, 재청?"

하고 꼭 꼭 다진다.

"그래 그래, 알았어!"

나도 쾌히 깨닫고 황철이의 뒤를 따라서 회장으로 올라갔다.

새로 건축한 넓은 대강당에는 벌써 사람들 머리로 까맣게 깔리었다. 시간을 기다리다 지루했는지 고개들을 길게 뽑고 수선스레 들어가는 우리를 돌아본다.

우리는 황철이의 명령대로 덩어리 덩어리 지어 사방으로 헤어졌다. 나는 황철이와 또 다른 동무 하나와 셋이서 왼쪽으로 뒤 한구석에 자리를 잡았다.

나는 음악보다 응원에 신경 쓰며 음악회를 구경한다

일곱 점 정각이 되자 벅적거리던 장내가 갑자기 조용하여진다. 모두들 몸을 단정히 갖고 긴장된 시선을 모았다.

제일 처음이 순서대로 성악이었다. 작달막한 젊은 여자가 나아와 가냘픈 음성으로 노래를 부르는데 너무도 귀가 간지럽다. 하기는 노래보다도 조고만 두 손을 가슴께 꼬부려 붙이고 고개를 개웃이 앵앵거리는 그 태도가 나는 가엾다 생각하고 하품을 길게 뽑았다. 나는 성악은 원 좋아도 안 하려니와 일반 음악에도 씩씩한 놈이 아니면 귀가 가려워 못 듣는다.

그 담에도 역시 여자의 성악, 그리고 피아노 독주, 다시 여자의 성악 — 그러니까 내가 앞의 사람 의자 뒤에 고개를 틀어박고 코를 곤 것도 그리 무리는 아닐 듯싶다.

얼마쯤이나 잤는지는 모르나 옆의 황철이가 흔들어 깨우므로 고개를 들어 보고 비로소 우리 악사가 등장한 걸 알았다. 중학생 교복으로 점잖이 바이올린을 켜고 섰는 양이 귀엽고도 한편 앙증해 보인다. 나도 졸음을 참지 못하여 눈을 감은 채 손바닥을 서너 번 때렸으나 그러나 잘 생각하니까 다른 동무들은 다 가만히 있는데 나만 치는 것이 아닌가. 게다 황철이가 옆을 꽉 치면서

"이따 끝나거든—."

하고 주의를 시켜 주므로 나도 정신이 좀 들었다.

나는 그 바이올린보다도 응원에 흥미를 갖고 얼른 끝나기만 기다렸다.

연주가 끝나기가 무섭게 우리들은 목이 마른 듯이 손바닥을 치기 시작하였다. 이렇게 치고도 손바닥이 안 해지나 생각도 하였지만 이쪽에서

"재청이요!"

하고 악을 쓰면 저쪽에서

"재청! 재청!"

하고 고함을 냅다 지른다.

나도 두 귀를 막고 "재청!"을 연발했더니 내 앞에 앉은 여학생 계집애가 고개를 뒤로 돌리어 딱한 표정을 하는 것이 아닌가.

이렇게 우리들은 기가 올라서 응원을 하련만, 황철이는 시무룩허니 좋지 않은 기색이다. 그 까닭은 우리 십여 명이 암만 악장을 쳐도(악을 쓰며 소동을 일으켜도) 쿵하게 넓은 그 장내, 그 청중으로 보면 어서(어디서) 떠드는지 알 수 없을 만치 우리들의 존재가 너무 희미하였다. 그뿐 아니라

이런 음악회

재청을 요구함에도 불구하고 이번에는 말쑥이 차린 신사 한 분이 바이올린을 옆에 끼고 나오는 것이다.

진짜 훌륭한 실력을 가진 신사에게 나는 갈채를 보낸다

신사는 예를 멋지게 하고 또 역시 멋지게 바이올린을 턱에 갖다 대더니 그 무슨 곡조인지 아주 장쾌한 음악이다. 그러자 어느 틈에 그는 제멋에 질리어 팔뿐 아니라 고개며 어깨까지 바이올린 채를 따라다니며 꺼떡꺼떡 하는 모양이 얘, 이건 참 진짜로구나, 하고 감탄 안 할 수 없다. 더구나 압도적 인기로 청중을 매혹케 한 그것을 보더라도 우리 악사보다 몇 배 뛰어남을 알 것이다.

그러나 내가 더 놀란 것은 넓은 강당을 뒤엎는 듯한 그 환영이다. 일반 군중의 시끄러운 박수는 말고 위층에서(한 삼사십 명 되리라) 떼를 지어 악을 쓰는 것이 아닌가. 재청 소리에 귀청이 터지지 않은 것도 다행은 하나 손뼉이 모자랄까 봐 발까지 굴러 가며 거기에 장단을 맞추어 부르는 재청은 참으로 썩 신이 난다. 음악도 이만하면 나는 얼마든지 들을 수 있다, 생각하였다. 그리고 저도 모르게 어깨가 실룩실룩 하다가 급기야엔 나도 따라 발을 구르며 재청을 청구하였다. 실상 바이올린도 잘했거니와 그러나 나도 바이올린보다 씩씩한 그 응원을 재청한 것이다.

다른 사람을 응원했다고 황철이가 나무란다

그랬더니 황철이가 불끈 일어서며 내 어깨를 잡고

"이리 좀 나오너라."

이렇게 급히 잡아끈다. 그리고 아무도 없는 변소로 끌고 와 세워 놓더니

"너 누굴 응원하러 왔니?"

하고 해쓱한 낯으로 입술을 바르르 떤다. 이놈은 성이 나면 늘 이 꼴이
되는 것을 잘 아므로

"너 왜 그렇게 성을 내니?"

"아니, 너 뭐허러 예 왔냐 말이야?"

"응원하러 왔지!"

하니까 놈이 대뜸 주먹으로 내 복장을 콱 지르며

"예이 이 자식! 우리 건 고만 납작했는데 남을 응원해 줘?"

그리고 또 주먹을 내대려 하니 암만 생각해도 아니꼽다. 하여튼 잠깐
가만히 있으라고 손으로 주먹을 막고는

"너 왜 주먹을 내대니, 말로 못 해?"

하다가

"이놈아! 우리 얼굴에 똥칠한 것 생각 못 허니?"

하고 또 주먹으로 대들랴는 데는 더 참을 수 없다.

"돼지고기 만두 안 먹으면 고만이다!"

이렇게 한마디 내뱉고는 나는 약이 올라서 부리나케 층계로 내려왔다.

이야기 따라잡기

　황철이는 우리 학교의 공로자이다. 학교의 운동 시합이 있으면 자기 돈을 써 가며 응원을 다닌다. 이번에는 음악 콩쿠르에도 응원을 가야 한다며 길거리에서 만난 나에게도 같이 가자고 한다. 나는 별로 관심이 없었지만 돼지고기 만두를 사 준다는 황철이의 말에 따라 나선다.

　황철이는 우리 학교 악사가 나오기만 하면 무조건 박수를 치고 큰 소리로 '재청'을 외치며 응원하라고 일러 준다. 다른 악사가 나오면 끽소리도 말라고 한다. 나를 비롯한 일행들은 객석 여기저기에 흩어져서 황철이가 시키는 대로 응원할 준비를 한다. 나는 황철이와 나란히 앉게 되었다.

　음악회가 시작되었지만 나는 음악을 별로 좋아하지 않는 터라 지루하기만 하다. 꾸벅꾸벅 졸다가 우리 학교 악사가 등장하여 황철이가 시키는 대로 박수를 치고 '재청'을 외쳤다. 그러나 그렇게 응원하는 나를 옆자리의 여학생은 딱한 듯이 바라볼 뿐 아니라, 객석에서 재청을 외치는 것은 우리 10여 명뿐, 황철이가 기대한 대로 심사위원들에게 영향을 줄 정도는 아니었다.

게다가 다음 순서로 등장한 신사의 바이올린 연주는 진짜 감탄스러운 것이었다. 넓은 강당을 뒤덮을 듯한 환영 속에 나 역시 저도 모르게 발을 구르며 재청을 외치고 말았다. 이 정도 음악이면 얼마든지 들을 수 있다고 생각했다.

그러자 발끈한 황철이가 나를 변소로 끌고 가서 누구를 응원하러 왔느냐며 다그친다. 주먹으로 복장을 치기까지 한다. 나 역시 화가 나서 그깟 돼지고기 만두 안 먹으면 그만이라고 내뱉고는 자리를 뜬다.

쉽게 읽고 이해하기

청소년 소설

「이런 음악회」는 1936년 4월, 조선중앙일보사에서 발행하던 『중앙』에
발표된 작품으로 학생 소설, 곧 청소년 소설의 범주에 속하는 작품이다.

'나'는 학교에서 늘 응원 대장 노릇을 하는 황철이의 등쌀에 못 이겨,
돼지고기 만두를 사 준다는 약속을 받고, 콩쿠르에 나간 반 동무를 응원
하러 간다. 황철이는 열 명이 넘게 모인 동무들에게 "우리 악사만 나오
거든 덮어 놓고 손바닥을 치며 재청이라고 악을 쓰라"는 작전을 세운다.
그러나 동무의 연주에 관중들은 시큰둥하다. 오히려 악을 쓰며 응원하
는 나와 동무들을 딱한 표정으로 바라볼 뿐이다. 이 와중에 말쑥이 차린
신사가 나와 바이올린 연주를 한다. 매혹적인 연주에 강당이 떠나가도
록 박수와 재청 소리가 가득 차고 '나'도 흥이 난 나머지 재청을 청구한
다. 황철이는 '나'를 잡아끌어 변소로 데려가더니 누굴 응원하러 온 것
이냐며 화를 내고 주먹질을 한다. 약이 오른 '나'는 "돼지고기 만두 안
먹으면 고만이다!"라고 소리치며 그 자리를 떠나가 버린다.

이 작품은 청소년들의 집단적인 행동과 그 안에서 벌어지는 일상적인 다툼을 사실적으로 그린 단편이다. 아이들 사이에서 분위기를 주도하며 리더 역할을 하는 황철이, 휩쓸려 가는 다수의 아이들, 또래 집단에서 돌출 행위를 하는 '나'. 이렇게 청소년 집단에서 흔히 볼 수 있는 인물 유형들을 활용하여 아이들 사이에서 있을 법한 상황을 김유정만의 익살로 탁월하게 보여 주고 있다.

평범한 인물, 평범한 사건 속 작은 사회

「이런 음악회」는 '나'가 바이올린 악사의 훌륭한 연주에 흥이 나 박수를 쳤다가 황철이와 다투는 평범한 사건, 평범한 내용을 다루고 있다. 이야기의 주축이 되는 황철이와 '나' 또한 별다른 굴곡이 없는 평범한 인물들이며 어린 학생들이다. 그러나 학교가 사회의 축소판이라는 말이 있듯이, 김유정은 평범한 아이들의 이야기 속에서 우리 사회의 다양한 인간 군상을 비유적으로 보여준다.

가장 개성적으로 표현한 인물은 황철이다. '나'를 통해 황철이에 대해 설명하고 있는데, 늘 학교의 응원 대장으로 나서는 녀석으로 제 돈을 들여 가며 응원을 하고, 결과가 좋으면 자신이 응원을 잘해서 이겼다며 잔뜩 뽐을 낸다. 콩쿠르에 나간 동무의 응원에도 사비를 들여 만두를 사 주면서 응원할 무리를 모으고, '나'가 다른 사람을 응원했다고 분이 나 때리기까지 한다. 나서기 좋아하며 적극적이라 주변 사람들을 리드하는 유형이다. 의도가 나쁜 것은 아니지만 강압적이며 말보다 주먹이 먼

저 나가는 성급한 성격을 가지고 있다. 이러한 인물 유형은 영웅 심리에 빠지거나 자신의 이익을 위해 대중을 호도하고 술수와 비리를 일삼을 수 있는 인물 유형이다.

반면 '나'는 황철이의 응원에 동참하는 것을 탐탁지 않아 한다. 이 점에서 '나'는 군중심리나 집단 분위기에 쉽게 휩쓸리는 유형은 아니다. 대가까지 제시하며 강하게 나오는 황철이를 어쩔 수 없이 따라가긴 하지만, 말쑥한 신사의 훌륭한 연주에는 크게 감탄하여 황철이의 말을 어기고 재청을 요구한다. 주먹질까지 하며 윽박지르는 황철이의 앞에서도 주눅들지 않고 맞받아친다.

황철이의 말에 곧이곧대로 따르기만 하는 나머지 동무들은 분위기에 휩쓸려 집단적으로 움직이고, 자신의 소신에 따라 행동하기를 겁내는 나약한 인물들이다. 강압적인 지도자, 집단적 분위기에서 벗어나는 것을 겁내어 순응하는 나약한 인물들은 대다수의 군중에서 발견할 수 있다. 반면 자신의 가치관과 의지에 따라 행동하며 사회의 부조리와 모순에 저항하는 소수의 인물이 있다. 이러한 세 가지의 인물 유형은 우리 사회에서 흔히 발견할 수 있는 인간 군상들이다. 늘 그렇듯이 김유정의 이야기는 독자가 부담 없이 읽을 수 있을 정도로 분위기가 무겁지 않고 익살맞은데, 「이런 음악회」에서도 역시 평범한 이야기 속에서 우리들의 작은 사회를 날카롭게 보여 주면서 관찰하고 있다.

특히 이 작품은 작가가 즐겨 사용하는 의태어의 사용과 순행적 · 평면적 구성, 평면적 인물 설정으로 이루어져 있다.

『땡볕』(『여성』 11호, 1937.2)은

김유정의 마지막 발표작으로서

가난하기 때문에 배운 것이 없어 무지한

도시 하층민의 삶을 여실히 그리고 있다.

땡볕

얼른 갖다 눕히고 죽이라도 한 그릇
더 얻어다 먹이는 것이 남편의 도릴 게다.
때는 중복, 허리의 쇠뿔도 녹이려는 뜨거운 땡볕이었다.

등장인물

덕순 가난한 남편. 아내가 병이 들자 혹시라도 의사들의 연구 대상이 되어 돈을 받으며 치료할 수 있지 않을까 하는 기대를 가지고 아내를 지게에 태워 대학병원을 찾아간다. 아내를 고쳐 줄 돈은 없지만 아내를 사랑하는 마음만은 순수하다.

덕순 아내 태어나지도 못한 채 죽은 아기가 뱃속에 있음을 알게 되지만 수술비가 없어 죽어 간다.

의사 덕순이가 찾아간 대학병원의 일본인 의사.

간호사 병원의 나이 어린 간호부. 일본인 의사의 말을 아무런 감정 없이 냉정하게 덕순이 부부에게 전해 준다.

땡볕

덕순이는 아내를 데리고 무더위 속에 병원을 찾아간다

우람스레 생긴 덕순이는 바른팔로 왼편 소맷자락을 끌어다 콧등의 땀 방울을 훑고는 통안 네거리에 와 다리를 딱 멈추었다. 더위에 익어 얼굴이 벌거니 사방을 둘러본다. 중복 허리의 뜨거운 땡볕이라 길 가는 사람은 저편 처마 밑으로만 배앵뱅 돌고 있다. 지면은 번들번들히 달아 자동차가 지날 적마다 숨이 탁 막힐 만치 무더운 먼지를 풍겨 놓는 것이다.

덕순이는 아무리 참아 보아도 자기가 길을 물어 좋을 만치 그렇게 여유 있는 얼굴이 보이지 않음을 알자, 소맷자락으로 또 한 번 땀을 훑어 본다. 그리고 거북한 표정으로 벙벙히 섰다. 때마침 옆으로 지나는 어린 깍쟁이(거지)에게 공손히 손짓을 한다.

"얘! 대학병원을 어디루 가니?"

"이리루 곧장 가세요!"

덕순이는 어린 깍쟁이가 턱으로 가리킨 대로 그 길을 북으로 접어들며 다시 내걷기 시작한다. 내딛는 한 발짝마다 무거운 지게는 어깨에 배기고 등줄기에서 쏟아져 내리는 진땀에 궁둥이는 쓰라릴 만치 물렀다. 속 타는 불김을 입으로 불어 가며 허덕지덕 올라오다 엄지손가락으로 코를 힝 풀어 그 옆 전봇대 허리에 쓱 문댈 때에는 그는 어지간히 가슴이 답답하였다. 당장 지게를 벗어 던지고 푸른 그늘에 가 나자빠지고 싶은 생각이 굴뚝 같으련만 그걸 못 하니 짜증이 안 날 수 없다. 골피를 찌푸리어 데퉁스레(거칠고 미련한 데가 있게),

"빌어먹을 거! 왜 이리 무거!"

하고 내뱉으려 하였으나, 그러나 지게 위에서 무색하여질 아내를 생각하고 꾹 참아 버린다. 제 속으로만 끙끙거리다 겨우,

"에이, 더웁다!"

하고 자탄이 나올 적에는 더는 갈 수가 없었다.

덕순이는 길가 버들 밑에다 지게를 벗어 놓고는 두 손으로 적삼 등을 흔들어 땀을 들인다(몸을 시원하게 하여 땀을 없앤다). 바람기 한 점 없는 거리는 그대로 타 붙었고, 그 위의 모래만 이글이글 달아 간다. 하늘을 쳐다보았으나 좀체로 비 맛은 못 볼 듯싶어 바상바상한(성질이 좀 가볍고 성급한) 입맛을 다시고 섰을 때 별안간 댕댕 소리와 함께 발등에 물을 뿌리고 물차가 지나가니 그는 비로소 산 듯이 정신기가 반짝 난다. 적삼 호주머니에 손을 넣어 곰방대를 꺼내 물고 담배 한 대 붙이려 하였으나 홀쭉한 쌈지에는 어제부터 담배 한 알 없었던 것을 다시 깨닫고 역정스레 도로 집어넣는다.

덕순이는 돈을 받으며 병을 고칠 수 있으리라고 희망한다

"꽁무니가 배기지 않어?"

덕순이는 이렇게 아내를 돌아본다.

"괜찮아요!"

하고 거진 죽어 가는 상으로 글썽글썽 눈물이 괸 아내가 딱하였다. 두 달 동안이나 햇빛 못 본 얼굴은 누렇게 시들었고, 병약한 몸으로 지게 위에 앉아 까댁이는 양이 금시라도 꺼질 듯싶은 그 아내였다.

덕순이는 아내를 이윽히 노려본다.

"아 울긴 왜 우는 거야?"

하고 눈을 부라렸으나,

"병원에 가면 짼대겠지요."

"째긴 아무거나 덮어놓고 째나? 연구한다니까."

하고 되도록 아내를 안심시킨다. 그러나 덕순이 생각에는 째든 말든 그건 차차 해 놓고 우선 먹어야 산다고,

"왜 기영이 할아버지의 말씀 못 들었어?"

"병원서 월급을 주구 고쳐 준다는 게 정말인가요?"

"그럼 노인이 설마 거짓말을 헐라구. 그래 시방두 대학병원의 이등 박산가 뭐가 열네 살 된 조선 아이가 어른보다도 더 부대한(몸뚱이가 뚱뚱하고 큰) 걸 보구 하두 이상한 병이라고 붙잡아 들여서 한 달에 십 원씩 월급을 주고, 그뿐인가 먹이구 입히구 이래 가며 지금 연구하고 있대지 않어?"

"그럼 나도 허구헌 날 늘 병원에만 있게 되겠구려."

"인제 가 봐야 알지, 어떻게 될는지."

이렇게 시원스레 받기는 받았으나 덕순이 자신 역시 기영 할아버지의 말을 꼭 믿어서 좋을지가 의문이었다. 시골서 올라온 지 얼마 안 되는 그로서는 서울 일이라 혹 알 수 없을 듯싶어 무료 진찰권을 내온 데 더 되지 않았다. 그렇다 하더라도 병이 괴상하면 할수록 혹은 고치기가 어려우면 어려울수록 월급이 많다는 것인데 영문 모를 아내의 이 병은 얼마짜리나 되겠는가고 속으로 무척 궁금하였다. 아이가 십 원이라니 이건 한 십오 원쯤 주겠는가, 그렇다면 병 고치니 좋고, 먹으니 좋고, 두루두루 팔자를 고치리라고 속안으로 육조배판(六曹排判, 원래는 '육조의 담당자를 다 참석시킨 가운데 여러 가지 준비와 계획을 다 마련해 놓음'을 뜻하지만 여기서는 '실제로 일어난 일은 아닌데 그렇게 될 것처럼 마음속으로 혼자 여러 가지 계산을 하고 생각을 하는 것'을 의미함)을 늘이고 섰을 때,

"여보십쇼! 이 채미(참외) 하나 잡숴 보십쇼."

하고 조만치서 참외를 벌여 놓고 앉았는 아이가 시선을 끌어간다. 길쭘길쭘하고 싱싱한 놈들이 과연 뜨거운 복중에 하나 벗겨 들고 으썩 깨물어 봄직한 참외였다. 덕순이는 참외를 이놈 저놈 멀거니 물색하여 보다 쌈지에 든 잔돈 사 전을 얼른 생각은 하였으나 다음 순간에 그건 안 될 말이라고 꺽진(꿋꿋한) 마음으로 시선을 걷어 온다. 사 전에 일 전만 더 보태면 희연(일제 강점기 시절 봉지로 팔던 담배 상표) 한 봉이 되리라고 어제부터 잔뜩 꼽여(꼬부려) 쥐고 오던 그 사 전, 이걸 참외 값으로 녹여서는 사람이 아니다.

"지게를 꼭 붙들어!"

덕순이는 지게를 지고 다시 일어나며 그 십오 원을 생각했던 것이니 그로서는 너무도 벅찬 희망의 보행이었다.

의사와 간호사에게 아내의 병명을 듣는다

덕순이는 간호부가 지도하여 주는 대로 산부인과 문밖에서 제 차례가 돌아오기를 기다리고 있었다.

아내는 남편이 업어다 놓은 대로 걸상에 가 번듯이 늘어져 괴로운 숨을 견디지 못한다. 요량 없이 부어오른 아랫배를 한 손으로 치마째 걷어 안고는 매 호흡마다 간댕거리는 야윈 고개로 가쁜 숨을 돌리고 있는 것이다. 게다가 수술실에서 들것으로 담아 내는 환자와 피고름이 섞인 쓰레기통을 보는 것은 그로 하여금 해쓱한 얼굴로 이를 떨도록 하기에는 너무도 충분한 풍경이었다.

"너무 그렇게 겁내지 말아, 그래두 다 죽을 사람이 병원엘 와야 살아 나가는 거야……."

덕순이는 아내를 위안하기 위하여 이런 소리도 하는 것이나, 기실 아내 못지않게 저로도 조바심이 적지 않았다. 아내의 이 병이 무슨 병일까, 짜장(진짜로, 정말로) 기이한 병이라서 월급을 타 먹고 있게 될 것인가, 또는 아내의 병을 씻은 듯이 고쳐 줄 수 있겠는가, 겸삼수삼('겸사겸사'의 북한말) 모두가 궁거웠다(궁금했다).

이 생각 저 생각으로 덕순이는 아내의 상체를 떠받쳐 주고 있다가 우연히도 맞은편 타구 옆댕이에 가 떨어져 있는 궐련 꽁댕이에 한눈이 팔린다. 그는 사방을 잠깐 살펴보고 휭허케(횡하니) 가서 집어다가는 곰방대에 피워 물며 제 차례를 기다렸으나 좀체로 불러 주질 않는 것이다.

이렇게 하여 그들은 허무히도 두 시간을 보냈다.

한 점을 십사 분가량 지났을 때 간호부가 다시 나와 덕순이 아내의 성명을 외는 것이다.

"네, 여있습니다!"

덕순이는 허둥지둥 아내를 들쳐 업고 진찰실로 들어갔다.

간호부 둘이 달려들어 우선 옷을 벗기고 주무를 제 아내는 놀란 토끼와 같이 조그맣게 되어 떨고 있었다. 코를 찌르는 무더운 약내에 소름이 끼치기도 하려니와 한쪽에 번쩍번쩍 늘여 놓은 기계가 더욱이 마음을 조이게 하는 것이다. 아내가 너무 병신스레 떨므로 옆에 섰는 덕순이까지도 겸연쩍지 않을 수 없었다. 아내의 한 팔을 꼭 붙들어 주고, 집에서 꾸짖듯이 눈을 부릅떠,

"뭬가 무섭다구 이래?"

하고는 유리판에서 기계 부딪는 젤그럭 소리에 등줄기가 다 섬뜩할 제,

"은제(언제)부터 배가 이래요?"

간호부가 뚱뚱한 의사의 말을 통변(통역)한다.

"자세히는 몰라두……."

덕순이는 이렇게 머리를 긁고는 아마 이토록 부르기는 지난겨울부턴가 봐요, 처음에는 이게 애가 아닌가 했던 것이 그렇지도 않구요, 애라면 열 달에 날 텐데,

"열석 달씩이나 가는 게 어딨습니까?"

하고는 아차, 애니 뭐니 하는 건 괜히 지껄였군 하였다. 그래 의사가 무어라고 또 입을 열 수 있기 전에 얼른 뒤미처,

"아무두 이 병이 무슨 병인지 모른다구 그래요, 난생처음 본다구요."

하고 몇 마디 더 얹었다.

덕순이는 자기네들의 팔자를 고칠 수 있고 없고가 이 순간에 달렸음을 또 한 번 깨닫고 열심히 의사의 입만 쳐다보고 있는 것이다마는 금테 안경 쓴 의사는 그리 쉽사리 입을 열려 하지 않았다. 몇 번을 거듭 주물러 보고, 두드려 보고, 들어 보고, 이러기를 얼마 한 다음 시답지 않게 저쪽으로 가 대야에 손을 씻어 가며 간호부를 통하여 하는 말이,

"이 뱃속에 어린애가 있는데요, 나올려다 소문(小門, 여자의 음부를 완곡하게 이르는 말)이 작아서 그대로 죽었어요. 이걸 그냥 둔다면 앞으로 일주일을 못 갈 것이니 불가불 수술을 해야 하겠으나 또 그 결과가 반드시 좋다고 단언할 수도 없는 것이매 배를 가르고 아이를 꺼내다 만일 사불여의(事不如意, 일이 뜻대로 되지 아니함)하여 불행을 본다더라도 전혀 관계없다는 승낙만 있으면 내일이라도 곧 수술을 하겠어요."

하고 나어린 간호부는 조금도 거리낌 없는 어조로 줄줄 쏟아 놓다가,

"어떻게 하실 테야요?"

"글쎄요……."

덕순이는 이렇게 얼떨떨한 낯으로 다시 한 번 뒤통수를 긁지 않을 수 없었다.

간호부의 말이 무슨 소린지 다는 모른다 하더라도 속대중으로 저쯤은

알아챘던 것이니 아내의 생명이 위험하다는 그 말이 두렵기도 하려니와 겨우 아이를 뱄다는 것쯤, 연구 거리는 못 되는 병인 양싶어 우선 낙심하고 마는 것이다. 하나 이왕 버린 노릇이매,

"그럼 먹을 것이 없는데……."

"그건 여기서 입원시키고 먹일 것이니까 염려 마셔요……."

"그런데요, 저……."

하고 덕순이는 열적은(열없는. 좀 겸연쩍고 부끄러운) 낯을 무얼로 가릴지 몰라 주볏주볏,

"월급 같은 건 안 주나요?"

"무슨 월급이요?"

"왜 여기서 병을 고치면 월급을 주는 수도 있다지요."

"제 병 고쳐 주는데 무슨 월급을 준단 말이오?"

하고 맨망스레도(보기에 요망스럽게 까부는 데가 있게도) 톡 쏘는 바람에 덕순이는 고만 얼굴이 벌게지고 말았다. 팔자를 고치려던 그 계획이 완전히 어그러졌음을 알자, 그의 주린 창자는 척 꺾이며 두꺼운 손으로 이마의 진땀이나 훑어보는밖에 별도리가 없는 것이다. 하나 아내의 생명은 어차피 건져야 하겠기로 공손히 허리를 굽신하여,

"그럼 낼 데리고 올게 어떻게 해 주십시오."

하고 되도록 빌붙어 보았던 것이, 그때까지 끔찍끔찍한 소리에 얼이 빠져서 멀뚱히 누웠던 아내가 별안간 기겁을 하여 일어나 살풍맞은(당돌하고 생뚱맞은) 목성으로,

"나는 죽으면 죽었지 배는 안 째요."

• • •
한국 문학을 읽는다

하고 얼굴이 노랗게 되는 데는 더 할 말이 없었다. 죽이더라도 제 원대로나 죽게 하는 것이 혹은 남편 된 사람의 도릴지도 모른다. 아내의 꼴에 하도 어이가 없어,

"죽는 거보담야 수술을 하는 게 좀 낫겠지요!"

비소(鼻笑, 코웃음)를 금치 못하고 섰는 간호부와 의사가 눈에 보이지 않도록, 덕순이는 시선을 외면하여 뚱싯뚱싯(굼뜨고 거추장스럽게 잇따라 움직이는 모양. '둥싯둥싯'보다 센 느낌을 준다) 아내를 업고 나왔다. 지게 위에 올려놓은 다음 엎디어 다시 지고 일어나려니 이게 웬일일까, 아까 오던 때와는 갑절이나 무거웠다.

수술을 거부한 아내는 덕순에게 유언을 남긴다

덕순이는 얼마 전에 희망이 가득히 차 올라가던 길을 힘 풀린 걸음으로 터덜터덜 내려오고 있었다. 보지는 않아도 지게 위에서 소리를 죽여 훌쩍훌쩍 울고 있는 아내가 눈앞에 환한 것이다. 학식이 많은 의사는 일자무식인 덕순이 내외보다는 더 많이 알 것이니 생명이 한 이레(7일)를 못 가리라던 그 말을 어쩨 볼 도리가 없다. 인제 남은 것은 우중충한 그 냉골에 갖다 다시 눕혀 놓고 죽을 때나 기다리고 있을 따름이었다.

덕순이는 눈 위로 덮는 땀방울을 주먹으로 훔쳐 가며 장차 캄캄하여 올 그 전도를 생각해 본다. 서울을 장대고(기대하며 잔뜩 벼르고) 왔던 것이 벌이도 제대로 안 되고 게다가 인젠 아내까지 잃는 것이다. 지에미 붙을! 이놈의 팔자가, 하고 딱한 탄식이 목을 넘어오다 꽉 깨무는 바람에

한숨으로 터져 버린다.

한나절이 되자 더위는 더 한층 무서워진다.

덕순이는 통째 짓무를 듯싶은 등어리를 견디지 못하여 먼젓번에 쉬어 가던 나무 그늘에 지게를 벗어 놓는다. 땀을 들여 가며 아내를 가만히 내려다보니 그동안 고생만 시키고 변변히 먹이지도 못하였던 것이 갑자기 후회가 나는 것이다. 이럴 줄 알았다면 동넷집 닭이라도 훔쳐다 먹였을 걸 싶어,

"울지 말아, 그것들이 뭘 아나 제까짓 게!"

하고 소리를 빽 지르고는,

"채미 하나 먹어 볼 테야?"

"채민 싫어요."

아내는 더위에 속이 탔음인지 한길 건너 저쪽 그늘에서 팔고 있는 얼음 냉수를 손으로 가리킨다. 남편이 한 푼 더 보태어 담배를 사려던 그 돈으로 얼음 냉수를 한 그릇 사다가 입에 먹여까지 주니 아내도 황송하여 한숨에 들이켠다. 한 그릇을 다 먹고 나서 하나 더 사다 주랴 물었을 때 이번엔 왜떡(밀가루나 쌀가루를 반죽하여 얇게 늘여서 구운 과자)이 먹고 싶다 하였다. 덕순이는 이것이 마지막이라는 생각으로 나머지 돈으로 왜떡 세 개를 사다 주고는 그대로 눈물도 씻을 줄 모르고 그걸 오직오직 깨물고 있는 아내를 이슥히(이슥히. 지난 시간이 어느 정도 오래) 바라보고 있었다. 그러나 아내가 무슨 생각을 하였는지 왜떡을 입에 문 채 훌쩍훌쩍 울며,

"저 사촌 형님께 쌀 두 되 꿔다 먹은 거 부대(부디) 잊지 말구 갚우."

하고 부탁할 제 이것이 필연 아내의 유언이라 깨닫고는,

"그래, 그건 염려 말아!"

"그리구 임자 옷은 영근 어머니더러 사정 얘길 하구 좀 빨아 달래우."

하고 이야기를 곧잘 하다가 다시 입을 일그리고(일그러뜨리고) 훌쩍훌쩍 우는 것이다.

덕순이는 그 유언이 너무 처량하여 눈에 눈물이 핑 돌아 가지고는 지게를 도로 지고 일어선다. 얼른 갖다 눕히고 죽이라도 한 그릇 더 얻어다 먹이는 것이 남편의 도릴 게다. 때는 중복, 허리의 쇠뿔도 녹이려는 뜨거운 땡볕이었다.

덕순이는 빗발같이 내려붓는 등골의 땀을 두 손으로 번갈아 훔쳐 가며 끙끙 내려올 제, 아내는 지게 위에서 그칠 줄 모르는 그 수많은 유언을 차근차근 남기자, 울자, 하는 것이다.

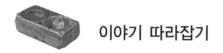

이야기 따라잡기

땡볕이 내리쬐는 무더운 여름, 덕순이는 아내를 지게에 지고 땀을 뻘뻘 흘리며 대학병원을 찾아가고 있다. 그는 기영이 할아버지에게서 병원에 가면 다달이 돈을 받아 가면서 병을 고칠 수 있다는 말을 들었다. 열네 살 된 조선 아이가 어른보다도 더 몸집이 커진 것을 보고 의사들이 이상한 병이라면서 한 달에 십 원씩 월급을 주고, 먹이고 입혀 가면서 연구하고 있다는 것이다. 덕순이는 이유 모를 병으로 배가 부풀어 고생하는 아내를 병원에 데려가면 돈도 받고 병도 고칠 수 있을 거라는 꿈에 부푼다.

그러나 덕순이 부부가 찾아간 병원의 일본인 산부인과 의사는 간호부를 통해 아내의 터질 듯 부풀어 오른 뱃속엔 태어나지 못하고 죽은 아이가 들어 있다는 사실을 알려 준다. 수술해서 꺼내지 않으면 일주일 안에 아내도 죽게 되고, 수술을 해도 꼭 살릴 수 있다는 보장은 없다는 것이다. 물론 덕순이가 기대했던 '월급 받으며 병을 고치는' 일은 있을 수 없었다.

수술을 거부하는 아내를 다시 지게에 지고 덕순이는 병원을 나온다.

가진 돈을 다 털어 아내에게 얼음 냉수와 왜떡을 사 주고, 쇠뿔도 녹이려는 뜨거운 땡볕 아래를 끙끙거리며 내려오면서, 아내가 울먹이며 하는 유언에 덕순이 역시 눈물이 핑 돈다.

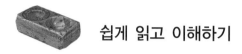

쉽게 읽고 이해하기

생전 마지막 작품

「땡볕」은 1937년 2월 『여성』에 발표되었으며 김유정의 생전 마지막 작품으로 알려져 있다. 1930년대 후반은 일제의 착취가 극도로 심해진 시기로서, 조선의 농촌은 황폐화되고 농민들은 소작농이 되거나 이농민이 된다. 그리하여 만주로 이주해 가거나 도시 하층민으로 전락하여 유리걸식하게 된다. 이 작품 역시 이농민 부부의 가난과 절망을 비극적으로 형상화하고 있다. 작가는 작중인물들을 통하여 가난하기 때문에 배운 것이 없어 무지한 도시 하층민의 삶을 여실히 그리고 있다. 반면 작가는 무지하며 순박하고 선량한 이농민 부부와 대조적으로 사무적이며 비인간적인 병원 관계자들의 모습을 통해 근대 사회에 대한 부정적 인식을 드러내고 있다.

무지하나 순박한 인간형, 따뜻한 인간애

「땡볕」의 중심인물은 도시로 살 길을 찾아 유랑해 온 가난한 이농민 덕순과 그의 아내이다.

덕순은 이상한 병에 걸린 환자들을 대학병원에서 오히려 월급을 주고 고쳐 준다는 소문을 듣고 곧이곧대로 믿는다. 자신의 아내도 자꾸만 배가 부어오르자 이상한 병에 걸렸으니 월급을 받는 환자가 될 것이라고 기대한다. 그러나 아내를 지게에 태우고 땡볕 아래를 걸어 간신히 도착한 병원에서는 의사와 간호사로부터 비웃음만 산다. 아내의 병은 희귀병이 아니며, 뱃속에서 아이가 죽어 나오지 못하고 있는 것이라 빨리 배를 가르고 꺼내야만 한다는 것이다. 이런 다급한 상황에서도 덕순은 "월급을 안 주느냐?"며 낙심하고, 아내는 배를 쨀 수는 없다며 기겁한다. 입에 풀칠하기도 어려워 쌀을 꾸어다 먹는 판국에 덕순이 내외에게 수술은 너무나 먼 나라의 이야기일 수밖에 없다. 그래서 남편은 수술을 하자고 아내를 설득하지도 못하고 포기하고 만다. 돌아오는 길에 아내는 지게 위에서 남편에게 "수많은 유언을 차근차근 남기자, 울자," 하는 것이다. 이 작품에서 작가는 담배를 사려던 돈으로 죽어 가는 아내를 위해 얼음 냉수와 왜떡을 사 먹이며 마음 아파하는 덕순이를 통하여 무지하지만 순박한 인간애를 보여 주고 있다.

이렇게 작가가 무지하고 어리석은 인물들을 그의 소설에서 창조하고 있는 이유는 결코 농민의 무지나 도시 하층민들의 악착스러움을 비웃고자 하는 의도가 아니다. 이들로 하여금 어리석은 행동을 할 수밖에 없게 만든 비극적 현실을 보다 극명하게 드러내기 위한 하나의 장치인 것이다.

웃음과 눈물의 미학

돈이 없어 수술하지 못하여 죽을 때를 기다리는 덕순의 아내는 남편의 지게 위에서 꿔다 먹은 쌀 갚는 것을 잊지 말라느니 빨래는 사정 얘기를 하고 부탁하라느니 하며 그칠 줄 모르고 남편에게 주절거린다. 덕순은 아내의 말을 유언이라 생각한다. "그 유언이 너무 처량하여 눈에 눈물이 핑" 돈다. 수술도 못한 채 죽어 가는 안타까운 상황임에도 불구하고 쌀 꾼 것, 빨래 얘기와 같이 사소한 부탁을 하는 아내의 유언이 너무나 슬픈 것이다. 작가 김유정은 유언 같지 않은 유언을 그칠 줄 모르고 '차근차근' 남기는 아내의 모습을 통하여 비극적 현실을 희화하고 있다. 이런 비극적 상황은 이 작품에서 '땡볕'으로 이미지화되고 있다.

김유정은 무지하고 순박한 작중인물들을 통하여 절망적인 삶에 비참해하기보다 먼저 체념해 버리는 모습을 있는 그대로 사실적으로 그린다. 그리고 반어와 익살과 해학으로써 비극적 현실을 조롱하고 희화함으로써 웃음과 눈물을 절묘하게 융합시키고 있는 것이다.

작가 알아보기

김유정(金裕貞, 1908.1.11~1937.3.29)

김유정은 1908년 1월 11일(음력 1907.12.8) 토요일, 강원도 춘천부 남내이작면 증리 427번지, 지금의 강원도 춘천시 신동면 증리에서 김춘식(金春植, 1873~1917)과 청송 심씨 산하의 차남으로 출생하였다. 2남 6녀 중 일곱째이며 유정의 셋째 누나에 의하면 그가 서울 진골(현 종로구 운니동)에서 태어났다는 설도 있다.

고조부 김기순 때 춘천 실레 마을로 이주했고, 증조부 김병선은 이곳에서 화서학파의 거유(巨儒)인 김평묵을 초빙, 학당을 열었다. 조부 김익찬은 6천 석 추수를 하는 대지주이자 음직으로 도사 벼슬을 제수받았을 뿐만 아니라, 화서학파의 위정척사 학풍을 이어받아 춘천 의병 봉기의 배후 인물로 재정 지원을 하기도 했다. 어린 시절의 유정은 오래 살라는 의미에서 '멱설이'로 불렸고, 횟배를 앓기도 했다.

1914년 11월 26일, 도사 벼슬을 했던 조부 김익찬이 사망하였다. 이때부터 부친 김춘식을 참봉으로 호칭하였다. 이해 겨울에 한양의 종로구 운니동(당시 진골)에 저택을 마련하고 30여 명에 이르는 식솔들을 이끌고 서울로 이사하였다. 1915년 3월 18일, 어머니 청송 심씨가 사망하고 1917년 5월 23일에 아버지 김춘식마저 세상을 떠난다. 가족은 운니동에서 관철동으로 이사했고, 유정은 한학과 붓글씨를 익혔다.

1920년(12세), 재동공립보통학교에 입학하여 1921년(13세)에 3학년으로 월반하였다가 1923년(15세)에 졸업하였다. 그해, 4월 9일 휘문고등보통학교를 검정으로 입학, 숭인동 80번지로 이사하였다. 훗날 소설가가 되는 안회남과 같은 반으로 친하게 지내게 되면서 때로 함께 영화관에 가거나 수업을 빼먹고 남산에 올라가 시간을 보내기도 했다. 학적부에 따르면 가족이 11명, 형제 2명, 재산 5만 원, 성질은 질박, 키는 5척이었다. 이름을 김나이(金羅伊)로 고쳐 집에서 불렀다. 1926년(18세)에는 휘문고보 4학년으로 진급하지 못하고 낙제하였다가 1927년(19세)에 4학년에 복학하였다. 1928년(20세)에 형 유근의 가족이 춘천 실레로 이사하고 유정은 봉익동의 삼촌 댁에 얹혀 지내게 되었다. 1929년(21세)에 휘문고보를 졸업(제21회 95명 중 84등)하고 삼촌 댁에서 사직동 둘째 누님 유형의 집으로 거처를 옮겼다. 유형과의 생활은 소설 「따라지」에서 묘사되기도 한다. 이 무렵 치질 수술을 받은 듯하다. 가을, 오후 1시경, 승은동 근처 목욕탕에서 조그만 손대야를 들고 나오던 여성, 박록주를 우연히 보게 된 뒤, 구애의 편지를 쓰기 시작하였다.

1930년(22세) 연희전문학교 문과에 입학하였으나 6월 24일 학칙 제26조에 의거, 제명 처분당하였다. 박록주를 짝사랑했으나 이 또한 끝내 거절당한다. 춘천 실레에 내려와 방랑 생활을 시작하였으며 들병이와 친해진다. 늑막염이 발병하고 안회남의 권고로 소설 습작을 시작하였다.

1931년(23세) 4월 20일 보성전문학교 상과에 다시 입학, 이후 자퇴한다(퇴학자 명단에만 있을 뿐 상세한 기록은 없음). 실레 마을에 야학당을 열고 농우회, 노인회, 부인회를 조직하여 농우가를 지어 부르기도 하였다. 1932년(24세)에는 야학당을 금병의숙으로 넓히고 간이학교로 인가를 받았다. 6월 15일 처녀작 단편 「심청」을 탈고(4년 뒤인 1936년 『중앙』에 발표)하고 충남 예산 등지의 금광을 전전하였다.

　1933년(25세), 서울에 올라와 사직동에서 누님과 함께 기거한다. 1933년 악화된 늑막염이 진행되어 폐결핵 진단을 받았다. 1월 13일 「산골 나그네」를 탈고하고 안회남의 주선으로 『제1선』지 3월호에 발표하였다. 8월 6일에는 「총각과 맹꽁이」를 탈고, 『신여성』 9월호에 발표하였다. 1934년(26세)에 누님이 사직동 집을 처분하고 혜화동 개천가에 셋방을 얻어 밥 장사를 시작하였다. 8월 16일 「정분」을 탈고, 9월 10일 「만무방」을 탈고, 12월 10일 「애기」를 탈고, 「노다지」, 「소낙비」 또한 12월에 탈고(1933년에 집필한 「따라지 목숨」을 1934년 「흙을 등지고」로 개작, 신문사와 협의하여 다시 제목을 「소낙비」로 고침)하여 안회남이 대신 신춘문예에 응모작으로 부쳤다.

　1935년(27세), 『조선일보』 신춘문예에 「소낙비」가 1등으로 당선되었다. 『조선중앙일보』 신춘문예에는 「노다지」가 가작으로 입선했다. 1월 20일 아서원에서 신춘문예 현상 1등 당선 축하회가 열렸으며 6월 3일 백합원서 조선문단사가 주최한 문예 좌담회에도 참석하였다. 봄에 의사로부터 가을을 넘기기 어려우리라는 진단을 받는다. 1월 10일에 「금」을 탈고하고 단편 「금 따는 콩밭」(『개벽』 3월호), 「떡」(『중앙』 6월호), 「만무방」(『조선일보』, 7월), 「산골」(『조선문단』 7월호), 「솥」(『매일신보』 9월), 「봄봄」(『조광』 12월호)을 발표하였다. 구인회 후기 동인으로 참여하였고, 이상(李箱)과 친분을 가졌으며 「안해」를 「사해공론」 12월호에 발표하였다.

1936년 7월, 정릉에 있는 절로 정양을 들어간다. 그러나 정양 중 계곡의 너럭바위에 등을 대고 누워 있었던 것이 결핵성 치루로 발전, 악화되는 바람에 다시 정릉을 떠나 형수 댁으로 들어갔다. 단편 「심청」(『중앙』 1월호), 「봄과 따라지」(『신인문학』 1월호), 「가을」(『사해공론』 1월호), 「두꺼비」(『시와 소설』 3월호), 「봄밤」(『여성』 4월호), 「이런 음악회」(『중앙』 4월호), 「동백꽃」(『조광』 5월호), 「야앵」(『조광』 7월호), 「옥토끼」(『여성』 7월호)가 발표되었고 미완 장편소설 「생의 반려」는 『중앙』 8, 9월호에 연재되었다. 「정조」는 『조광』 10월호에, 「슬픈 이야기」는 『여성』 12월호에 발표되었다. 시인 박용철의 누이 박봉자에게 구애의 편지를 보냈으나 회신을 받지 못하고, 평론가 김문집이 병고 작가 구조 운동을 벌였다.

1937년 2월 11일 수필 「네가 봄이련가」를 집필하였으며 『여성』 4월호에 발표되었다. 2월 하순에 조카 진수에 의지하여 경기도 광주군 중부면 신상곡리 100번지의 매형 유세준의 집으로 옮겨와 요양과 치료를 병행하였다. 3월 18일에는 안회남에게 보내는 편지 「필승전」을 쓴다. 이해에 발표된 작품은 「따라지」(『조광』 2월호), 「땡볕」(『여성』 2월호), 「연기」(『창공』 3월호)가 있다.

1937년 3월 29일(음력 2월 17일) 월요일 오전 6시 30분, 김유정은 경기도 광주군 중부면 산상곡리 100번지, 매형 유세준의 집에서 사망하였으며 유해는 서대문 밖(홍제동 화장터)에 화장되어 한강에 뿌려졌다. 이해의 사

후 발표작으로는 「정분」(『조광』 5월호), 번역 동화 「귀여운 소녀」(『매일신보』 4월 16일~21일), 번역 탐정소설 「잃어버린 보석」(『조광』 6월~11호)이 있다.

1938년 단편집 『동백꽃』(三文社)이 발간되었다. 1939년에는 사후 뒤늦게 「두포전」(『소년』 1~5월호), 「형」(『광업조선』 11월호), 「애기」(『문장』 12월호)가 발표되었다. 1952년, 『동백꽃』(旺文社)이 발간되었다. 1968년, 김유정 타계 31주년에는 '김유정기념사업회'가 발족되어 『김유정전집』(현대문학사)을 발간하였고 '김유정 문인비 건립 추진 위원회'에 의해 '김유정 문인비'가 세워졌다(춘천시 의암호 의암). 2002년 8월 6일, 김유정 생가 복원이 이루어지고 김유정문학기념관이 설립(춘천시청, 김유정기념사업회)되었다. 3월 29일에는 김유정 문학촌에서 김유정 서거 66주년 추모제가 거행되었다.

김유정의 문학 세계는 본질적으로 희화적(戲畵的)이어서, 냉철하고 이지적인 현실 감각이나 비극적인 진지성보다는 따뜻하고 희극적인 인간미가 흐르는 것이 특징이다. 작가는 우직하고 순진한 등장인물들을 등장시켜 노름, 수탈, 매춘, 일확천금에의 꿈을 매개로 하여 사건을 전개시켜 나가면서 반전과 해학으로 웃음을 유발시킨다. 그러나 김유정 문학에 나타나는 해학의 이면에는 철저한 작가의 역사 의식과 현실 인식이 내재해 있음을 간과해서는 안 된다고 본다.

김유정은 당대의 궁핍화된 현실 속에서 고통받는 농민들의 삶을 사실주의적으로 통찰하면서 작중인물들을 통하여 '부끄러움'에 대한 인식으로 극대화시킨다든지(「가을」, 「만무방」), 작중화자를 통하여 예리한 작가의 현실 비판 의식을 '비꼬임'의 형식으로 드러내고 있다(「총각과 맹꽁이」,

「떡」). 김유정의 작중인물들은 궁핍한 현실 속에서 생존을 유지하기 위해 몸을 팔거나(「산골나그네」), 아내를 다른 사람에게 팔기도 하고(「가을」의 복만이, 「만무방」의 재성이, 기호), 아내로 하여금 매춘을 시키기도 하며(「소낙비」의 춘호, 쇠돌 아버지, 「정조」의 행랑아범) 들병이로 만들기도 한다(「솟」의 들병이 남편). 뭇 사내에게 술을 따르고 몸을 팔아서 입에 풀칠을 해야 하는 비참한 들병이의 삶이 부정적으로 평가되지 않고 김유정에 의해 긍정적으로 이해되어야만 했던 시대. 그 시대를 살던 작가 김유정은 오히려 해학과 풍자를 통해 이 시대에 대한 냉철한 비판자의 역할을 담당하고 있는 것이다. 이 점에서 김유정을 지극히 사실주의적인 작가라고 해도 과언이 아니라고 본다.